五日間で宿った永遠

アニー・ウエスト 作

上田なつき 訳

ハーレクイン・ロマンス

東京・ロンドン・トロント・パリ・ニューヨーク・アムステルダム
ハンブルク・ストックホルム・ミラノ・シドニー・マドリッド・ワルシャワ
ブダペスト・リオデジャネイロ・ルクセンブルク・フリブール・ムンバイ

A PREGNANCY BOMBSHELL TO BIND THEM

by Annie West

Published by Harlequin Japan, a Division of K.K. HarperCollins Japan, 2024

アニー・ウエスト

家族全員が本好きの家庭に生まれ育つ。家族はまた、彼女に旅の楽しさも教えてくれたが、旅行のときも本を忘れずに持参する少女だった。現在は彼女自身のヒーローである夫と2人の子とともにオーストラリア東部、シドニーの北に広がる景勝地、マッコーリー湖畔でユーカリの木に囲まれて暮らす。

主要登場人物

ローラ・ベタニー……………………………モデル。
ジェイク………………………………………ローラの親友。
ヴァシリ・サノス……………………………サノス社の役員。
コンスタンティン・パパス…………………ヴァシリの伯父。
ユードラ………………………………………ヴァシリの婚約者。コンスタンティンの娘。
アレコ…………………………………………ヴァシリのアシスタント。
テオ……………………………………………ヴァシリの双子の弟。故人。

1

ヴァシリは腕を枕にして横向きに寝ていた。本物の枕はどこかに行ってしまったが、寝返りを打って探す気力はなかった。手足がだるかった。

だが、早朝の日差しに照らされた目の前の光景は魅惑的だった。彼は重い腕を上げ、その完璧な芸術作品をなぞった。優雅なうなじから細いウエスト、腰のくぼみ、さらに張りのあるヒップへと手をすべらせる。

シルクのような肌が震えるのがわかった。羽根のように軽い愛撫《あいぶ》でさえも、完全に満たされたこの女性には刺激的すぎるかのようだった。

完全に満たされた感覚ならヴァシリも知っていた。二人の相性は完璧で、情熱は並はずれて激しかった。

初めて体を重ねたとき、彼は天啓を受けたような衝撃を覚え、スカイダイビングやエヴェレスト登頂のような高揚感を味わった。二度目はそれほど刹那的ではなかったはずだ。三度目も四度目も。

しかし、そのたびに興奮の極みに達し、そのあと我に返ると、自分自身も含めたすべてが新しくなじみのないものに感じられた。

ヴァシリは彼女のヒップの丸みにてのひらを当て、腿へと撫《な》でおろした。

「もう？」彼女がくぐもった声できき、シーツに顔を押し当てると、乱れた蜂蜜色の髪が肩にかかった。

「早すぎるわ」

それはわかっていたが、ヴァシリは我慢できずに彼女の敏感な部分に指をすべりこませた。彼女がすぐに反応し、身震いした。

何かがヴァシリの体を貫いた。まったく初めての感覚だった。単なる肉体的な満足感以上のものに思える。

　これは独占欲か？　ヴァシリは顔をしかめた。いや、独占欲に駆られるなどありえない。

　昨夜、日没を待たずにベッドに入ったときには欲望だと思った。しかし今は、それほど単純なものには思えない。欲望だとしてもとびきり強力だ。彼女とともに味わった歓喜は、記憶にあるどんな喜びよりも強烈だった。

「疲れていないの？」彼女がささやいた。

「もうぼろぼろだよ」

　彼女の黒い眉が上がった。「でも……？」そう言いながら体をずらし、腿で彼の手をはさむ。

　ヴァシリは体に興奮が走るのを感じ、鋭く息を吸いこんだ。

　彼女が目を見開いた。「そんなはずはないわ。だって……」

　ヴァシリは肩をすくめた。数えきれないほど快感を共有したあとで、二人ともすっかり疲れはてているはずだった。だが、彼は下腹部に熱い波が押し寄せてくるのを感じた。

　二人の体はやがて消耗しきってしまうだろうが、ヴァシリはすでに彼女の腿にまたがり、ビロードのようなぬくもりの中に体を沈めることを想像していた。彼女が震えながら自分の名前を呼び、クライマックスへと導いてくれることを。恍惚《こうこつ》とした表情の彼女に名前をささやかれるのが気に入っていた。

　ヴァシリは手を動かして彼女の顔から髪を払った。朝の光が高い頬骨とわずかにそばかすが散った鼻筋、はしばみ色の瞳を照らした。

　目の下には黒っぽい隈《くま》がある。

　この五日間、二人ともろくに寝ていないからだ。

　二人は互いに飽くことを知らなかった。

　ヴァシリがこのバンガローに連れてくる前、彼女は何週間も仕事が忙しかったと言っていた。それを思い出すと罪悪感にさいなまれ、彼は温かい体から手を離した。

「いや、やっぱりもう無理だな」実を言えば無理ではなかったが、幸いなことに彼の高まりは腿に隠れていて見えなかった。

彼女の顔に一瞬何かがよぎるのが見て取れた。失望だろうか？　とはいえ、今は彼女を休ませよう。時間はまだたっぷりある。

「もう眠るといい、僕のかわいい人《コペラ・ムー》。あとのお楽しみにために力を蓄えるんだ」ヴァシリは身を乗り出して彼女の唇に唇を重ねた。彼女は無垢《むく》さと悩ましさを同時に感じさせる甘くまっすぐなキスを返した。

「それは約束？」

彼女の手に頬を包まれ、ヴァシリは髭《ひげ》が伸びていることに気づいた。彼女の首の付け根と胸が赤みを帯びていることにも。無精髭でこすったせいだ。剃《そ》るべきだった。

ヴァシリは自己嫌悪に襲われ、彼女を傷つけたことを申し訳なく思った。だが意外にも、彼女に自分のしるしをつけたことに満足感がこみあげてきた。

さらなる独占欲か？

自分らしくない感情に、ヴァシリはそれを極端な睡眠不足のせいだと考えた。

「君の肌に跡をつけてしまった」彼女の首筋の赤くなった部分を指の腹でやさしくさする。「傷つけるつもりはなかったんだ。すまない」

緑にも金色にも見えるはしばみ色の瞳に光る何かがヴァシリの後悔を熱い欲求に変えた。「あやまらないで。私は荒々しいあなたが好きなの」

荒々しい！　ヴァシリはオーストラリアの奥地で三週間の冒険を楽しんだあと、ここグレート・バリア・リーフに立ち寄った。そして、ビーチでＣＭ撮影をしている彼女を見かけた日の午後、髭を剃り、髪を切った。女性を飲みに誘うなら、だらしない野蛮人みたいな姿で怖がらせたくなかったからだ。

ヴァシリは我慢できずに彼女の唇にもう一度キスをした。「さあ、少し休んで」

彼女が目を閉じ、呼吸が深くなるまで待ってからベッドを下り、冷たいシャワーを浴びにバスルームへ向かった。


ゆっくりと目を覚ましたローラは、まるで骨が溶けてしまったかのような倦怠感《けんたい》を覚えた。

何度も何度もヴァシリに触れられたせいで、おそらく本当に溶けてしまったのだろう。

もし誰かがいつかこんな男性に出会うと言っても、私は決して信じなかったはずだ。ユーモアをたたえた黒い瞳を持ち、セクシーなカリスマ性を備えた、驚くほど思いやりのある見ず知らずの男性が私を一週間の情事に誘うと言っても。

ローラは上掛けを体にかけた。

男性に関しては、ローラはきわめて用心深かった。それどころか不信感を抱いていた。

もちろん、すべての男性に対してではない。親友のジェイクは例外だ。ただ、二十五歳の彼女は、どんな男性も見た目どおりではないことをすでに学んでいた。

それなのに、ヴァシリは男性的な魅力と率直な言葉でローラを誘惑した。その率直さに彼女は惹《ひ》かれた。かつて求めても得られず、二度と期待しないと誓ったものだったから。

〝君が欲しい〟ヴァシリは言った。〝君の美しい体と、太陽のような笑みが欲しい。君のことを知るために時間を使いたい〟

他の男性が同じことを言ったら、ローラはくるりと背を向けて立ち去っただろう。だが、ヴァシリに対しては即座に体が反応していた。お願い、そうしてちょうだい！

そんなことはそれまで一度もなかった。

ヴァシリの目を見つめたローラは、今まで味わったことのない渇望が脈打つのを感じた。彼がブロンズ色のたくましい肩をすくめ、口角を上げて自嘲気味の笑みを浮かべた。〝あけすけな言い方を許してくれ。だが、僕は率直な物言いが好きなんだ〟

その言葉にローラは足を止めた。

君を怒らせたのならあやまるとヴァシリは言い、終わったばかりの撮影について尋ねた。

気がつくとローラはプールサイドのバーでヴァシリの横に座り、トロピカルフルーツがふんだんに使われたカクテルを飲みながら彼と談笑していた。

それから一時間、ヴァシリはモデルの仕事についてあれこれ尋ねた。他の男性のように水着の撮影についいて興味本位で聞き出そうとはしなかった。あくまでモデルという仕事についてよく知りたいらしかった。

逆にローラが質問をすると、ヴァシリはギリシアから休暇で訪れていることを説明し、それからこのゴージャスな楽園、グレート・バリア・リーフとポートダグラスに話題を戻した。

自分のことを話す機会を放棄する男性がどれだけいるだろうか？　経験から言って、それほど多くはいないはずだと、ローラは思った。

そのあと二人はディナーを楽しみ、旅の失敗談を打ち明け合った。そうしながら、互いの間にみなぎる欲望を感じていた。

ローラは誘惑にあらがうことができた。しかし、ジェイク以外の男性にはないものをヴァシリは持っていた。包み隠すことのない率直さを。彼は恋愛には興味がないことを認め、自分が提供できるのは楽しみとセックスだけだと言った。

ヴァシリはローラに触れなかった。指一本触れなかった。ただ、ローラは一晩じゅう、彼の体が間近にあることを強く意識していた。ヴァシリの視線は愛撫と同じくらい強烈だった。彼女の体を撫で、切望の炎をかきたてつづけた。

ついにキスをしたとき、それは必然的で正しいことに感じられた。

だから、ローラがシドニーに帰る予定を変えてヴァシリと一夜をともにしたあと、彼はリゾートのバンガローの予約を延長した。ギリシアで仕事が待っているが、オンラインで対処できるということだった。もっとも、彼が仕事をしている気配はあまりなかった。ローラはといえば、次の仕事までに自分のビジネスの計画を進めるつもりだった。

でも、あなたはいつから休んでいないの？　少しは休んでもいいんじゃない？

十代のころの経験のせいで、ローラは経済的な安定を切望していた。誰よりもまじめに働き、プロ意識の高さでモデルとして信頼されるようになってからも、堅実に貯金をしていた。万が一の備えが必要だったのだ。

休暇を取って純粋な楽しみに没頭するなど、彼女らしくない突発的な決断だった。

しかし、ヴァシリと一緒にいることで、ローラは生き生きとした喜びを感じていた。

数日前、二人は電話番号を交換した。ヴァシリはローラをギリシアに招待した。その一方でオーストラリアをもっと見たいと言って、今年の末に再び訪れる計画を立てた。

ヴァシリの表情は、ウルルやタスマニア島が目的ではないことを物語っていた。その表情もベルベットのような魅惑的な声も、ローラが彼の再訪の決め手であることは明らかだった。

決して真剣なつき合いをしようと持ちかけたわけではない。いや、仮にそうだとしても、ローラは信じなかっただろう。夢見るロマンチストではないから だ。だが、胸の鼓動は高まった。ヴァシリもまだこの関係を終わらせる気がないらしい。永遠の未来はないにしても、今二人が分かち合っているものをあきらめるのは惜しかった。

ローラはほほえみ、ベッドにもぐりこんだ。

自分の過去と男性への不信感を考えると、今後も結婚する可能性は極めて低い。でも、ヴァシリのようにセクシーで、一緒にいて楽しい男性との関係はとても魅力的だ。彼が身を落ち着けることを望んでいないのは明らかだけれど、それは私も同じでは？

ヴァシリは情事の相手としてはほぼ完璧だ。ローラはにっこりした。

そのとき、ドアが開いた。

ローラは顔をしかめた。ヴァシリは服を着ていた。しかもビーチで一日を過ごすためのボードショーツではなく、柔らかいシャツと薄手のズボン姿だ。髪はシャワーを浴びて濡《ぬ》れているが、髭は剃っていなかった。無精髭の生えた顎が彼をより男らしく、少し危険に見せている。あるいは、黒い瞳の輝きのせいかもしれない。

ヴァシリの表情を見て、ローラはヘッドボードに背を預け、上掛けを引っぱりあげた。この五日間で彼の表情を読むことを学んでいた。

しかし、この表情は初めて見る。ヴァシリの瞳の中の強い光ときつく引き結んだ唇は怒りを物語っていた。いや、怒り以上の何か読み取れない感情だ。

「どうしたの、ヴァシリ？　大丈夫？」

ウォークインクローゼットに向かっていたヴァシリが立ちどまって振り返った。体が硬直している。明らかに何かおかしい。

ローラは上掛けを押しのけ、ベッドから下りた。彼の表情が何を意味するかを読み解き、心がざわついた。これは怒りが混じった痛みだ。

ヴァシリがほんの数歩でローラの前に来て、彼女の両手を自分の胸に当てた。シャツ越しに速い鼓動を感じた。

「何か私にできることがある?」ローラは尋ねた。

彼は首を横に振るとぎこちなくほほえみ、彼女の手を握って指の関節にキスをした。「ありがとう、だが何もないよ」

「悪い知らせなの?」ローラはこれまで二度、つらい知らせに直面した。どちらも人生がくつがえされ、そのときの痛みは今も尾を引いている。「お気の毒に、ヴァシリ」

「君が思っているようなことじゃない。誰も死んではいないよ」ヴァシリが言葉を切り、顎をこわばらせた。「緊急に解決しなければならない家族の問題が起きた。すぐギリシアに帰らなくてはならない」

ローラの中で落胆と同情が交錯した。「もちろんよ」だが、彼が行ってしまうと思うと、つらかった。別れる覚悟はまだできていなかった。

「理解してくれてありがとう」ヴァシリが再びローラの指の関節にキスをした。今まで彼女の手にキスをした男性はいなかった。それがどれほどやさしく官能的なものか、今初めて知った。

ローラの視線はヴァシリの彫刻のような唇にそそがれた。厚くセクシーで、男性にしては美しすぎるくらいだ。それが男らしい顔立ちと組み合わさると……。

ローラは身を乗り出してその唇に軽く唇を重ねた。ヴァシリを安心させるため、そして自分があとで思い出すためのキスだ。彼の唇の感触や石鹸《せっけん》とシナモンが混じり合った独特の香りは、慰めになると同時に興奮をかきたてた。

しぶしぶローラは体を離した。「あなたが飛行機の手配をしている間に、私が荷造りしましょうか? それとも……」

「そうしてもらえると助かるよ。ありがとう」ヴァシリは動かず、彼女の目を食い入るように見ている。「こんなふうに帰りたくはないんだ。すばらしいひとときだった。忘れないよ」それから彼女の手を放し、後ろに下がった。「だが、また会おう」

翌日、彼の残念そうな口調はまだローラの耳に残っていた。

家に帰るべきだった。だが、ヴァシリは日曜日までバンガローを予約していたし、帰る気になれなかった。完全に仕事から離れ、先のことを考えずに目の前の喜びにひたるというのは、これが初めての経験だった。とことん退廃的な気分だ。

今、その気分がヴァシリのせいだけではないことに気づいた。彼と過ごしたことが一番大きい理由だが、日ごろのあわただしさから解放されたからでもある。モデル業も、始めたばかりのビジネスも、家族支援センターでのボランティア活動も、ローラにとっては大切なものだが、それらをまったく忘れて一日を過ごしたことは記憶になかった。

あまりに休暇を取らなさすぎたのだ。

しかし、真実はそれほど単純ではなかった。ローラはヴァシリが恋しくてならなかった。幸せを感じたこの場所を離れたくなかった。

バンガローに一人でいるからよけいにそう思うのかもしれない。おそらく他の人たちと一緒にいれば、このけだるさと鬱積したエネルギーが入り混じった奇妙な状態を打破できるだろう。

そのあとリゾートの高級ブティックに服を見に行ったとき、ローラは自分の名前を耳にした。誰かに呼ばれたのではなく、興奮した声でささやかれたのだ。うなじがちくちくした。

モデルを始めて数年がたち、仕事は順調だったが、有名人になったわけではなかった。ここのビーチでビキニ姿のローラがオーストラリアでの休暇のすばらしさを宣伝する観光CMは、先週撮影が終わったばかりで、まだ放映されていない。

これまでも誰かがローラに気づくことはあった。この仕事のいやな一面だ。もはや人前に出るのをためらう内気な十二歳の少女ではないが、それでもひそひそ話が耳に入ると、昔のように身を縮めたくなった。

続いてヴァシリの名前がささやかれるのが聞こえ、ローラは顔をしかめた。女性店員がじろじろ見ているのも気になった。

ローラがロビーを横切ると、その週の初めに見かけたカップルがいた。二人もヴァシリの名前を口にし、男性のほうが携帯電話を取り出した。ホテルのスタッフがあわてて彼に何か言い、ポケットに戻させて事なきを得た。

だが、ローラはもうたくさんだった。


バンガローに戻ると、閉めたドアにどさりともたれかかった。人に気づかれて動揺した自分にいらだっていた。

どこを見ても、ヴァシリのことが思い出された。数えきれないほど彼と体を重ねた大きなソファ。専用プールのある中庭。月明かりの中、そこで情熱を交わしたことを思い出すと、体に震えが走った。ぴかぴかのキッチンでは彼がギリシアコーヒーをいれてくれた。

ヴァシリが旅先にまでインスタントコーヒーとブリキの小鍋を持参しているのを見て、ローラは笑った。するとヴァシリは肩をすくめ、フルーツやチーズや高級ワインなどが詰まったバスケットとともにリゾートが用意してくれたのだと説明した。

ローラが眉根を寄せて、あなたはVIPなのかと尋ねると、ヴァシリは伯父が事業で大成功したのだと答え、キスをした。彼女は気をそらされ、それ以上追及しなかった。

今、そのことを思い出した。ブティックにいた女性たちはローラの名前だけでなく、ヴァシリの名前も知っていた。フルネームのヴァシリ・サノスを。

ローラはふと、自分がヴァシリのことをほとんど知らないと気づいた。彼は仕事のことも家族のことも話さなかった。もっとも、ローラも家族のことは話さなかった。

ローラにとって重要なのは、ヴァシリの生活に女性がいないということだった。どんなに短い間であっても、相手が完全に自由の身だと確認しない限り、関係を持つことはありえない。

ヴァシリはギリシアでの子供時代や最近の冒険について雄弁に語った。スリルを追い求めるのが趣味で、鮫《さめ》のいる海にもぐったり、スカイダイビングをしたり、切り立った崖を登ったりと、ローラには決してできないことをして楽しんでいた。

パスポートは持っているもののオーストラリアから出たことがない彼女にとって、自分の経験をはるかに超える冒険の話は魅力的だった。

いつか外国へ行こう。ヴァシリの誘いにのってギリシアに滞在するのもいいかもしれない。そう思うとわくわくした。彼の誘いは、彼自身と同じように魅惑的だった。

ローラはエーゲ海での怠惰な休暇を夢見て、頭の中でスケジュールを組み直し、旅費の算段をした。そんな気にさせてくれた男性は今まで一人もいなかった。

だからこそ、どうしてあの人たちが彼のことを知っているのか突きとめなければ。

ローラは携帯電話を取りあげた。

検索はすぐにできた。向こう見ずな冒険を楽しむ億万長者として、ヴァシリ・サノスは有名だった。

ヴァシリの伯父であるコンスタンティン・パパス

は世界最大の物流会社を経営していて、ヴァシリはその会社の一員のようだ。

ローラは愕然《がくぜん》とした。ヴァシリが億万長者？　それなら世界じゅうを旅し、砂漠のカーラリーから洞窟探検、アイスクライミングまで、危険なスポーツにうつつを抜かしていてもおかしくない。

ヴァシリは自分の富については話さなかったが、その気持ちは理解できた。おそらくヴァシリは権力者の一人で、彼の財産について知ったら、多くの人が違う接し方をするのだろう。お金目当てに彼を追いかける女性もいたに違いない。

ローラは笑い声をもらした。

少なくとも彼は、あなたが欲しいのはお金ではなく、彼の体だけだと知っているわ。

だからギリシアへ招待してくれたのだし、オーストラリアを再訪すると約束したのだろう。彼は私を信頼している。私も同じように彼を信頼している。

自分だって過去を打ち明けていないのだから、富豪であることを隠していた彼を許すのは簡単だ。

しかし、無意識に画面をスクロールしたとき、笑顔が凍りつき、息が止まった。ローラはまばたきをしてもう一度記事を読み、さらにスクロールして別の同じような記事を見つけた。

世界が傾き、一瞬気を失いそうになったが、ローラは気絶するような意気地なしではなかった。

ヴァシリに帰国を急がせた家族の緊急事態とは、誰かの病気や家業の危機ではなかった。長年の婚約者との結婚の発表だったのだ。ローラは信じがたい思いで記事を見つめた。

一緒に過ごしている間もヴァシリはずっと別の女性と婚約していた。

ポーズをとった正式な写真ではなく、即席で撮られた写真では、二人がほほえみ合い、彼の腕が女性の肩に回されていた。物理的な距離の近さは関係ない。見つめ合う二人の瞳には深い理解と愛が宿り、親密さを物語っていた。

急に吐き気がこみあげ、ローラは携帯電話を放り出してバスルームに駆けこんだ。電話が床に落ちる音が耳に響いた。

彼は私を愛人扱いした。

世の中には許せることもあるけれど、これは違う。断じて違う。

2

三カ月後

ヴァシリはコスト分析報告書を書きあげ、椅子の背にもたれた。経済情勢やサプライチェーンへの課題を考えると、破綻した海運会社を買収するのは一見、狂気の沙汰に思える。ただし、その会社の失敗は、ビジネスモデルの本質的な弱点によるものではなく、意思決定の誤りによるものだった。

伯父コンスタンティンが常に慎重すぎるアプローチを取っていたにもかかわらず、サノス社がこの十年間で驚異的な成功をおさめ、中堅企業から世界のトップ企業へと変貌を遂げたのはヴァシリの経営手腕のおかげだった。

最悪なのは、ヴァシリがビジネスチャンスを見極める才覚を持っているのを知ったコンスタンティンが、甥《おい》をアテネ本社のデスクに縛りつけようとしたことだった。ヴァシリを家業に専念させることで自由という羽をむしり、落ち着かせようとしたのだ。

今回、コンスタンティンはいつも以上に強引で、自分の妹であるヴァシリの母親を味方につけた。

ヴァシリは無精髭《ひげ》の生えた顎をこすり、顔をしかめた。なぜ僕の家族は僕が成し遂げていることで満足してくれないのだろう？

最高経営責任者《CEO》という地位を拒否し、伯父にゆずったとはいえ、サノス社を率いているのは僕だ。

僕は会社を成長させ、利益を倍増させてきた。それなのになぜ、祖父や父のようにデスクに縛りつけられたくないことを受け入れてもらえないのか？

ヴァシリは振り返り、窓から紺碧《こんぺき》のエーゲ海を眺めた。今朝はクレタ島を出発し、自分のヨットでペロポネソス諸島からイオニア諸島へと向かった。気分転換がしたかったのだ。オーストラリアから帰国してからのこの三カ月はじっとしていられず、数日おきにあちこちへ出かけていた。

週に五日も六日もアテネのオフィスにいるなんて耐えられなかった。ヴァシリはなんとか報告書に目を戻した。この数字が正しければ――。

電話が鳴った。発信者番号を見ると、アシスタントのアレコだった。集中力が必要なときに僕がじゃまされるのを好まないことは知っているはずなのに。いや、集中力をそいだのはアレコじゃない。今だけでなく何カ月もおまえは集中できずにいたじゃないか。

そう気づくと、表情がしかめっ面に変わった。

ヴァシリはため息をつき、電話を取った。「コンスタンティンが今度は何をしたんだ？」

「伯父さまではありません」アレコの口調にヴァシリは緊張した。「ローラ・ベタニーという女性をご存じですか？」

ヴァシリの回転椅子のキャスターがきしんだ。

「なぜそんなことをきく？」

問いかける声は淡々としていたものの、ヴァシリは胸の奥底に感情が芽生えるのを感じた。だが、分析はしたくない。彼女は過去の存在だ。割り切った関係だと彼女自身明言していたし、僕は女性に追いすがったりしない。とりわけ僕を休暇中の情事の相手と切り捨て、電話にも出ない女性には。

「ご存じだということですね」

「好きなように取ればいい。なぜきいたんだ？」

「ゴシップ紙によると――」

「興味はない。他に何もなければ――」

「興味はあるはずです。もし記事が本当なら、無視することはできないでしょう」

鼓動が重くなるのを感じながら、ヴァシリはアシスタントの口調にこめられた警告に気づいた。アレコの判断を疑ったのは、機嫌が悪かったからだ。

「なんて書いてあるんだ？」

ローラに何かあったと考えたとたん、いらだちが消えた。彼女は過去の存在かもしれないが、あの生き生きとした女性がもう息をしていないのではないかと思うと、体が芯から冷たくなった。

ヴァシリははじかれたように立ちあがり、窓の向こうの海を見やった。しかし心の目には、輝くはしばみ色の瞳が映っていた。ローラが腕を回して彼を引き寄せるときに浮かべるうれしそうな笑みが。

「今、記事をあなたの携帯に送りました。まずあなたが彼女を知っていたかどうか確認したかったので」

知っていたか、だって？　過去形だ。

見えない手に喉をつかまれた気がして、息ができなかった。指の感覚がなくなっていたが、なんとかメッセージを開いた。

記事を目にしたとたん安堵《あんど》が押し寄せ、息ができるようになった。それは死亡記事ではなかった。だが、記事を読み進むうちに安堵は得体の知れない感情へと変わっていった。これが勝手な憶測やあからさまなプライバシーの侵害ではなく、記事と呼べるのならだが。

〝美しいローラが妊娠！〟

記事に添えられた写真には、あの忘れがたい五日間をともにしたローラがうつむいて腹部を腕でかばいながら車へと急ぐ姿が写っていた。パパラッチを避けようとしているのは明らかで、ヴァシリはこのパパラッチを突きとめてカメラを壊してやりたい衝動に駆られた。

だが頭を振り、事実無根のゴシップ記事に集中した。ローラに近い情報筋によると、彼女は最近つわりのせいで仕事ができなくなったということだった。そして、謎の父親候補としてヴァシリの名前が挙がっていた。クイーンズランドでの二人の逢瀬《おうせ》の詳細が報じられ、二人が滞在したリゾートの写真まで掲載されていた。あまりに写真が多いので、リゾート側が情報と一緒に提供したのだろうかと邪推したくなった。

ヴァシリは動揺した。避妊は怠らなかったが、記事は本当かもしれない。

赤ん坊？　ローラが僕の子供を産むかもしれないというのか？

しかし、ヴァシリは結論を急ぐ男ではなかった。記事を最後まで読むと、もう一度最初から読み直した。世間はヴァシリを常に変化を求める冒険家ととらえているが、それは彼の一面にすぎなかった。かつては慎重で几帳面《きちようめん》で、テオによく数字の計算で一生を終えるのかとからかわれたものだ。テオにとって、オフィスで数字を扱う仕事は地獄に等しかった。十分以上じっと座っていることができず、いつも家族をトラブルに巻きこんだ。そのトラブルを処理するのがヴァシリの役目だった。

ヴァシリは深呼吸をして、記事が意味することを考えた。ローラが妊娠を否定する声明を出す理由はない。憶測記事に反論するには大変な労力がいる。そうするくらいなら無視するほうがいい。彼女が妊娠していない可能性もあるのだから。

だが、もし僕が彼女を妊娠させたのだとしたら……。

強い感情が押し寄せ、ヴァシリは窓に背を向けて再び深呼吸をした。もし僕が彼女を妊娠させたのだとしたら、その事実を真っ先に知るのは僕であるべきだ。彼女について詳しく知っているわけではないが、人となりならわかる。彼女は妊娠したことを子供の父親に隠したりしないはずだ。

それに、経済的な支援という問題がある。

ローラは僕の財産には興味がなかった。そもそも僕が裕福なことを知らなかった。僕の家族や社会的地位についても知らなかったし、僕も話さなかった。金目当てに言い寄られるのではなく、ごくふつうの男として扱われるのは新鮮で、解放感を味わえた。

ある友人は、一夜限りの関係を持った末、妊娠した女性に子供の認知訴訟を起こされた。赤ん坊は彼の子ではなかったが、女性は金に目がくらんだのだ。

苦々しい笑い声が静まり返った部屋に響いた。

ローラは断じて金の亡者ではない。

ヴァシリはギリシアに帰る途中で彼女に電話をかけた。何度も何度もかけた。どうやってもつながらないとわかるまで、電話を拒まれていることが信じられなかった。

ありえないことに、ローラはヴァシリの電話を着信拒否にしたのだ。彼女が二人の関係を後くされのない情事とみなしていたのは明らかだった。

あれから三カ月たった今でも胸が痛む。

ヴァシリは一人の女性が忘れられなくなる経験をしたことがなかった。女性たちは皆、彼を好きになった。関係を終わらせるのはいつも彼で、決して相手の女性ではなかった。遊び人だったわけではない。セックスに夢中になっている暇がなかっただけだ。

しかし、ローラは別だった。彼女には飽くことがなかった。だから彼女のために予定より長くオーストラリアに滞在することにしたのだ。

ギリシアに強引に呼び戻されるまでは。

いまだにヴァシリはローラを切望していた。もう何カ月も前のことなのに、いまだに毎夜彼女の夢を見ては汗びっしょりで目を覚ました。

ローラがさっさと前に進んだのに、自分は彼女を忘れられないでいると思うとプライドが傷つき、腹立たしかった。

ヴァシリはかぶりを振り、腕組みをしてまた景色を眺めた。だが、何も目に入らなかった。

ローラが特別なのではない。ただ、二人の関係を終わらせる準備ができていなかっただけだ。なんとなくやり残したことがあるような気がする。

唇にゆがんだ笑みが浮かんだ。予期せぬ妊娠は、確かに〝やり残したこと〟に当てはまる。

いや、妊娠が真実であるはずはない。あれは単なるゴシップだ。それでも確かめなければならない。

ヴァシリは再び携帯電話に目を向けた。「アレコ、君に頼みがある」

「マスコミの取材攻勢はひどくなっている。僕が君の家を出たとたん追ってきたよ」ジェイクがローラの自宅から持ってきた旅行バッグをソファの上に置き、顔をしかめた。

ソファに座っていたローラは唇を噛《か》んだ。「ごめんなさい。あなたを巻きこむべきじゃなかったわ。あなたまでマスコミにつきまとわれてしまう」

ジェイクの笑い声は温かく、彼の笑顔はローラに安心感を与えてくれた。

「ありえない！　僕はヘルメットをかぶっていたし、僕のバイクのスピードに連中が追いつけるはずないよ。一方通行の車線を逆走したんだからね。それに、たまたまバイクのナンバープレートが読めなくなっているんだ」ジェイクが肩をすくめた。「僕たちは仲間じゃないか。君だって僕のためなら同じことをしてくれるだろう？」

報道陣がまだ自宅の前に陣取っていたという知らせにいらだっていたにもかかわらず、ローラは笑った。

「なんですって？　あなたが妊娠してパパラッチに追いかけられたら、私があなたをかくまってあげるだろうっていうの？」彼女はわざと、ひょろりとした友人の全身を見まわした。

ジェイクがにやりとし、ジャケットのファスナーを下ろしながらキッチンへ向かった。「紅茶をいれようか？」

「ありがとう。飲みたかったの。でも、私がいれるわ。あなたは私のためにいろいろしてくれているんですもの」ローラは立ちあがろうとした。

「いいんだ」ジェイクの低い声が響いた。「君は何週間も寝ていないみたいなやつれた顔をしているじゃないか」

「あら、ありがとう、私の自尊心を傷つけてくれて」

ジェイクがマグカップを二つつかみ、眉を上げた。「僕に嘘《うそ》をついてほしいのかい？」

ローラは首を横に振った。二人は小学校からのつき合いで、ジェイクの正直さと寛大さを、彼女は何よりありがたく思っていた。彼の粗野な外見の下には、オーストラリア大陸並みに広い心があるのだ。

「そんなことはないわ。でも、率直な意見に傷つくこともあるのよ」

ジェイクがうなずいた。「君はいつもきれいだよ。ただ、今は休養が必要だ。君のことが心配なんだよ」

「ああ、ジェイク」ローラは立ちあがってキッチンに行き、ジェイクに腕を回した。彼に肩を軽くたたかれると、洟《はな》をすすった。彼はやさしい性格だが、ふだんは愛情表現を好まないのだ。

「泣いてないよな?」ジェイクがわざとおびえた口調で尋ねた。「だが、泣きたい気持ちはわかる。禿《はげ》鷹《たか》みたいな連中が君の一挙手一投足を追っているんだから」

ローラは目をぬぐいながら体を引き、冷蔵庫からミルクを取り出した。「見なかったことにして。そうね、疲れているんだわ。そのせいで涙もろくなっているの。もう大丈夫よ」

「マスコミが飛びつく新しいゴシップが持ちあがれば、この騒ぎはすぐにおさまるよ」

ローラはうなずき、ジェイクが差し出したマグカップを受け取った。だが、マスコミがそう簡単にあきらめるとは思えなかった。私とヴァシリ・サノスの間につながりがあると考えている以上は無理だろう。ハンサムで、セクシーで、他の億万長者とは一線を画す破天荒なライフスタイルで知られる彼は、マスコミの寵《ちよう》児《じ》なのだから。

億万長者! どうして私は億万長者と関わりを持ったりしたのだろう?

ヴァシリはそんなふうには見えなかった。もし誰かにきかれたら、彼はふつうの人と同じように実直で、ふつうの人よりも信頼できると答えただろう。彼の驚異的なカリスマ性と、私をとびきり幸せな気分にさせる能力は別として。

私はいかに人を見る目がなかったことか。

ローラは唇をゆがめ、マグカップを口に運んだ。

「さあ」ジェイクが彼女の横に来て、居間に促した。「座って楽にするんだ」

ローラはジェイクと目を合わせてほほえんだ。それは彼の祖母がよく口にしていた言葉だった。ジェイクは高校生のときからすでに長身で、祖母はその半分くらいの身長だったが、手ごわい女性だった。ただ、温かく寛大な女性でもあった。初めて会った日、ジェイクの祖母はローラを一目見て、キッチンに引き入れた。そして焼きたてのスコーンと自家製のジャムを彼女の前に置き、まるで我が家にいるようにくつろがせてくれた。

そんなふうに感じたのは久しぶりのことだった。母親は亡くなる数年前から心身ともに弱り、ローラが世話をしていた。

「何があったか話す気はあるかい？」ありがたいことにジェイクの言葉がローラの物思いを断ち切った。「僕がいない間に何かあったんだろう？」

話すつもりはなかったが、彼がすでに察しているのに、ごまかしても意味はなかった。「私のエージェントから連絡があったの。ギリシアのサノス社から私と連絡を取りたいと何度も電話があったそうよ」

ジェイクが唇を引き結んだ。「エージェントは君の連絡先を教えなかったんだろう？」

「ええ」だがエージェントは、ヴァシリ・サノスのような人物が本気でローラと話をしたいと思っているのなら、彼女が望むと望まざるとにかかわらず、いずれは連絡方法を見つけるだろうと警告した。それなら早く話をしたほうが、彼を敵に回すよりましだと。

一つはっきりしているのは、ヴァシリ・サノスに非難される筋合いはないということだ。偽りの姿で相手の心を奪ったのは私ではないのだから。

思い出したとたん、胃がきりきりと痛んだ。

まんまとヴァシリの手に落ちた自分を思うと、自己嫌悪に陥る。常に冷静沈着で世知に長《た》けたことを誇りにしていたのに……。

母が経験したのも同じことだったの？ 父が見かけどおりの人物ではないことを薄々わかっていながら母が恋してしまったのは、私と同じ理由から？

でも、後悔先に立たずだ。

もしかしたら、私も母もろくでなしに惹《ひ》かれてしまう致命的な弱さを持っているのかもしれない。そう思うと恐ろしくなった。

「君が何を考えているにせよ、よくないことらしいな。ひどく具合が悪そうに見えるよ」

ローラがぱっと顔を上げると、ジェイクがしかめっ面をしていた。「私はやつれて具合が悪そうに見えるのね。教えてくれてありがとう」

だが、ジェイクの言うとおりだった。変えられないことをくよくよ悩んでもしかたがない。ローラは数年前にそれを学んだ。自分の世界が一度ならず二度までも崩壊したときに。一度目はパースを離れなければならなかったときで、二度目は母親が他界したときだ。それ以来、彼女はひたすら現在と未来のことしか考えないようにしてきた。

「荷物を取ってきてくれてありがとう。助かるわ。私――」

ドアベルが鳴り、ローラははっとした。

マスコミは私の居場所を知らない。エージェントでさえ知らないのだ。不安に胸が締めつけられた。

「ここにいるんだ。僕が見てくる」ジェイクが居間のドアを閉め、狭い玄関へと急いだ。

ローラは紅茶を飲みながら耳をそばだてた。不明瞭な声が聞こえ、その声がだんだんはっきりしてきて、二人の男性の低い声が聞き分けられるようになった。

うなじの毛が逆立ち、ローラは必死にジェイクの友人が立ち寄っただけだと自分に言い聞かせた。でも、それならなぜ中に入れないの？

ジェイクの声がさらに大きくなり、胃が引っくり返りそうになった。のんびりした性格の彼が声を荒らげるなんてありえない。

誰かがジェイクを尾行してきたのだろうか？　それとも、サノス社の雇った調査員が私の居場所を突きとめた？　誰も知らないはずなのに。ローラはマグカップを置くと立ちあがり、ドアに近づいた。

「絶対にだめだ！　今すぐ消えないと、警察を呼ぶぞ」

返事の内容は聞こえなかったが、その声には聞き覚えがあり、ローラは息をのんだ。片手を壁に当てて体を支え、もう一方の手を脈打つ喉元に当てる。

こんなことはありえない。しかし、ジェイクの声が再び大きくなると、暴力沙汰になるのではないかと不安になり、ローラはドアを開けた。

「もういいわ、ジェイク」

「いいわけがない。すぐに帰ってもらうから」ジェイクは縄張りを守る番犬のように玄関で足を踏ん張っている。ローラは一瞬、彼にまかせて居間に戻ろうかと思った。でも、それではなんの解決にもならない。

そこでジェイクの背後に近づき、肩に手を置いた。

「彼はここまで来てしまったんですもの、あとは自分でなんとかするわ」たとえそれが最悪の悪夢に立ち向かうようなものだとしても。

ジェイクが肩越しに振り返り、ローラの決意の固さを見て取ったのか、脇に寄った。その向こうには決然とした表情を浮かべたヴァシリ・サノスがいた。

ローラが二度と会いたくないと思っていた男性が。

3

ヴァシリの血管を怒りが駆けめぐった。ぼさぼさ頭の大男がローラのことを知らないふりをして自分を追い返そうとしたときから、視界は憤りでかすんでいた。

男はバイカーのような格好をしているが、日焼けした肌とあふれるエネルギーはサーファーを思わせる。調査員の報告書には、ローラを〝見いだした〟のはこの男だと書かれていた。

小波《さざなみ》が打ち寄せる砂浜に立ち、サンドレスの裾を持ちあげて引きしまった脚を見せながら笑っているローラの写真で二人のキャリアはスタートしたのだ。彼女はモデルとして、彼はカメラマンとして。

しかし、ローラにとってこの男は仕事上の知人を超えた存在なのではないだろうか？　男の威圧的な態度と、ぴったりしたタンクトップと薄手のハーレムパンツというラフなローラの格好からすると、その可能性は高そうだ。

ヴァシリは奥歯を噛《か》みしめた。ローラが何か言ったが、鼓動が大きすぎて聞こえなかった。

彼女は僕を見てぞっとしたらしい。

それに気づいて、なぜ腹部を刺されたかのように感じるのか？　ギリシアに戻って以来、連絡を取ろうとする試みをことごとく拒まれて、彼女の気持ちはわかっていたはずなのに。

これまで女性に拒まれたことはない。今ローラを目の前にし、彼女が即座に拒絶を示すのを見て、ヴァシリはショックを受けた。

それでも頭の一部は、目の下の隈《くま》や体にみなぎる緊張にもかかわらず、ローラがどんなにすてきに見えるかを表現しようと忙しく働いていた。彼女の体はほっそりしていながら、何度も夢で見たように魅惑的な曲線を描いている。シルクを思わせるなめらかなあの肌は、僕が知るどんな肌よりも柔らかい。

彼女を求めてはいけない。

いや、求めてはいない。ただ、この忌まわしいゴシップに終止符を打ちたいだけだ。

ローラと男の親しげなようすからして、二人は恋人同士なのだろう。これは朗報だ。もし彼女が妊娠していたとしても、僕とはなんの関係もない。

僕は幸運に感謝しなければ。

しかし、ヴァシリはそうする代わりに、不快な感情と闘っていた。分析したくない苦い感情と。

「中に入ったほうがいいわ」ローラが硬い声で言った。「ここで騒ぐよりも」

騒いでいたのは僕ではなく、この男だ。

ローラが一歩下がり、ヴァシリは中に入った。彼女のボディガードは腕組みをして威嚇するようににらみつけてきたが、ヴァシリは無視した。どんなチンピラも僕を脅すことはできない。この男に礼儀作法を教えるのは楽しそうだが、今はもっと重要なことがある。

居間に入ったヴァシリは部屋を見まわした。ひどく狭い。ソファと二人掛けのダイニングテーブル、部屋の反対側に小さなキッチンがある。

廊下からささやき声が聞こえた。ローラと男の意見が食い違っているようだ。居間を出ると寝室とバスルームがあり、予備の寝室はなかった。

はらわたが煮えくり返る思いでヴァシリは居間に戻った。まったく愚かなまねをしてしまった。あの二人はやはり恋人同士なのだ。

おそらく彼女は妊娠していないだろう。妊娠しているとしても、それはあのカメラマンの子だ。

なのに、なぜほっとしていない？

家庭に縛りつけられたくないヴァシリは、子供には興味がなかった。子供がいたら、自分の趣味に没頭することはむずかしくなるだろう。仕事も家族も絶えず何かを要求してくる。子供のために強いられる負担は、想像もつかないほどだ。

いや、嘘《うそ》だ。赤ん坊など怖くない。対処できる。思いがけない妊娠などよりずっと悪いことにも対処してきたじゃないか。

ヴァシリはズボンのポケットに両手を突っこみ、内なる声を封じようとした。

おまえが恐れている唯一のものは、コントロールを失う感覚だ。

自分の人生を再びコントロールできるようになったと感じるまでには十年以上かかったが、最近、その落ち着かない感覚は復讐《ふくしゅう》のように戻ってきていた。正確に言えば、ローラと別れてからだ。

ある人々にとってヴァシリは、責任という重荷に縛られることなく、永久に終わらない休暇を過ごしている特権階級の遊び人の典型だった。そう考えない人々は、彼こそサノス社の原動力であると理解していた。しかし家族でさえも、ヴァシリがどれほどの葛藤を抱えているかは知らなかった。

心の痛みはいまだに消えない。それを無視したり、少なくともなんとも思っていないふりをしたりするのが精いっぱいだ。

クイーンズランドでローラと過ごした五日間だけは別だった。ストレスは消え去り、頭の中は彼女のことでいっぱいだった。

いろいろな意味で驚くべき日々だった。ローラはヴァシリを心の闇から解き放ち、昼も夜も、身も心もすべて満たしてくれた。彼は久しぶりに完全にリラックスすることができた。

もしかすると僕は、彼女が僕の子供を身ごもっていることを望んでいたのだろうか？　なぜなら、まだ二人の関係を終わらせる準備ができていなかったから?

あのとき覚えた、すべてが正しいという独特の感覚をいまだに切望しているから?

ありえない。僕は望みどおりの人生を生きてきた。誰がこれ以上を望むというのだろう?

ドアが閉まり、ヴァシリはローラが入ってくるのを感じた。振り返ると、彼女はキッチンカウンターに腰をもたせかけ、胸の前で腕を組んでいた。前より胸が豊かになっていないか?

手がうずうずした。以前、この手は完全に満たされていた。もう一度彼女に触れたい。

視線を上げると、ローラはしかめっ面をしていた。表情は氷のように冷ややかだ。

「ここへ何しに来たの?」

ローラをまねて腕を組むと、彼女の視線がちらりと胸に向けられるのがわかった。

「わかりきっているじゃないか。君は妊娠しているんだろう?」

ローラの顔が赤みを帯びたかと思うとすぐに青ざめ、ヴァシリはきいたことを後悔しそうになった。フレンチドアから差しこむ光に照らされた彼女は、対決ではなく支えが必要に見えた。

だが、僕にこうさせたのはローラだ。いっさいの接触を断ったからこそ、僕は真実を知るためにここへ来ざるをえなかった。

「あなたには関係ないわ」ローラが深呼吸をした。「用はそれだけ? だったらもう帰っていいわよ」

ローラは僕を追い払えると思ったのだろうか。彼女の浅はかな考えに、ヴァシリは笑いそうになった。コンスタンティンでさえ、甥《おい》に不本意なことをさせるのはむずかしいと知っている。

返事をする代わりに、ヴァシリは居間のソファに座った。ソファには旅行バッグが置かれている。するとローラが近づいてきてバッグをつかみ、すばやく遠ざけた。

「くつろいでと言ったつもりはないわ」彼女は足早にキッチンに行き、バッグをベンチに置いてから、こちらに向き直った。

疲れた顔をしていたローラは今、肌の潤いを取り戻し、瞳が輝いて、リゾートにいたときと同じ生気と情熱に満ちた、流星のように魅力的な女性に戻っていた。ヴァシリが恋しくてたまらなかった女性に。

どれほど恋しかったたか、彼はまだ自分でも認めていなかった。それはほとんど本能的な欲望だった。思いこみなどではなかった。

ヴァシリはこの駆け引きじみたやりとりを終わらせ、真実を聞きたかった。何が問題なのかを知りたかった。

「話してくれ、ローラ」

「話すことは何もないわ。私の人生から消えてほしいの。どうしてあなたの電話を着信拒否にしたと思うの？」

ヴァシリは無造作に肩をすくめた。「わからない。恋人が怒るから？　彼は嫉妬深いタイプなのか？」

「そうじゃない――」ローラが言いかけて口を閉じた。

彼は身を乗り出した。「どっちなんだ？　彼は嫉妬深いタイプじゃないのか、それとも恋人じゃないのか？」

「私の人生にあなたの居場所はないわ。ここにいてほしくないの」

「それはわかった。だが、真実を知るまでは出ていかない。君は妊娠しているのか？」

「たとえ妊娠していたとしても、それは私の問題であって、あなたの問題じゃないわ」

ヴァシリの忍耐心がこれほど試されたことはなかった。彼女のぶしつけな態度に反応しないようにするのが精いっぱいだった。

「はるばるギリシアから気まぐれにやってきたとでも思っているのか？　君が身ごもっているのが僕の子かどうか知りたいんだ」

ローラがうろたえたように息を吸いこみ、目を見開いた。妊娠していることと、その子が僕の子であることのどちらが彼女にとってより問題なのだろう？　男としての自尊心がずたずたにされる思いだ。

「それを知るためにわざわざギリシアから来たの？」

「ああ、そうだ」ローラは怒っているというより呆《ぼう》然《ぜん》としているように見える。ヴァシリは少し待ってから、穏やかに尋ねた。「妊娠はマスコミの憶測なのか？　それとも真実なのかい？」

ローラは口を動かしたが、何も言わなかった。

どういうことだ？　単純な質問なのに。

「君は僕に真実を話す義務がある」

ローラが背筋を伸ばし、両手で後ろのキッチンカウンターをきつくつかんだ。

「義務ですって？」ローラの笑い声にはユーモアのかけらもなかった。「あなたの口から出ると、意義深く聞こえるわね」

ヴァシリはさっと立ちあがってキッチンを横切り、彼女のすぐそばまで行った。はしばみ色の瞳の緑と金の斑点が見えるほど近づくと、そこには憤り以外の何かがあった。

あれは痛みか？　彼は足を止めた。

オーストラリアを発《た》ったとき、ローラは僕が有名な一族の一員だとは知らなかったはずだ。もしかすると最近の記事を読んで、その内容をうのみにしたのだろうか？

「ローラ、僕は君にいつも真実を話してきた」

また乾いた笑い声が返ってきて、ヴァシリは内心うろたえた。ローラの以前の笑い声なら覚えている。

僕の腕の中にいたときの彼女は心から楽しそうに笑っていた。

「あなたは真実というものがわかっていないわ。生まれつき嘘つきな男もいるのよ」

ローラのまなざしは険しく、息は荒く速かった。どちらかがこの状況を打開しなければならない。

「君が何を読んだか知らないが、ゴシップ紙の記事をうのみにするのはよくないな。ほとんどが真実じゃないんだから」

ローラが疑わしげに目を細くした。「だったら、あなたは結婚が発表されたから急いでギリシアに戻ったんじゃないというの？　ヨーロッパじゅうからVIPが駆けつけて、盛大なパーティを開かなかったとでも？」

ヴァシリはため息をついた。「はたから見ればそうだが、実際は違うんだ。ユードラと僕は結婚しない」

「婚約していないの？」

彼は少し間を置き、核心に触れずになんとか説明しようとした。僕はユードラに約束したのだ――。

「婚約しているんでしょう？」突然ローラが疲れきった声を出した。

「厄介な事情があるんだ」ヴァシリは心の中でその事情を呪った。そして、それについてはまだ彼女に話すことができないという事実を。

「私にはその事情が理解できないというの？」彼が答える前に、ローラがかぶりを振った。「細かいことなんか聞きたくないわ。肝心なのは、あなたが婚約しているってことなのに、あなたは私が妊娠しているかどうかにこだわっているのよ」

「妊娠しているかどうかじゃない」ヴァシリは今、確信した。妊娠していないなら、最初からそう言って僕を追い返していたはずだ。そう考えると鼓動が速くなった。「君は妊娠しているんだ」

ローラが目をそらしてヴァシリの肩の向こうの一点を見やり、口元をゆがめた。

「ローラ」彼はなだめるような声を出し、ローラがゆっくりと息を吐くのを見守った。彼女がひどくストレスを感じているのは確かだ。僕と向き合うためにはありったけの気力が必要だったのだろう。後悔がこみあげてきた。「中絶を考えているのか?」

「まさか!」

ローラの表情は狼狽《ろうばい》を絵に描いたようだった。彼女が本心から言っているのは間違いない。

ヴァシリは胸が高鳴った。その気持ちは名づけようがなかった。安堵《あんど》感か?

子供を持つことへの高揚感ではないはずだ。僕にはまだ子供を持つ心の準備ができていない。そんなつもりはいっさいなかったのだから。

父親になること、一族の遺伝子を次の世代に受け継がせること、自分の子供に責任を持つことは、ヴァシリにとって恐怖だった。それはあまりにもつらい過去とからみ合っている。

ヴァシリは目の前のことに集中しようと努めた。

「それじゃ、君は産むつもりなんだな」ローラは相変わらずこちらを見ようとはしない。「僕の子か? それとも恋人の子なのか?」

ローラがゆっくりとこちらを向き、ヴァシリと目を合わせた。彼女と過ごしていたときに何度も味わった感情が再びわきあがった。他の状況なら、それを喜びと呼んだだろうが、打ちひしがれたローラの表情を見ると、そうは呼べなかった。ヴァシリはどうすればいいのかわからず、困惑した。

ローラのあの表情は、妊娠したことに苦悩しているからか? それとも僕がここにいるからなのか?

自分をきっぱり拒絶した女性と一緒にいたいと思うなんてどうかしている。

もっとも、彼女が拒絶したのはこの僕なのか、それともゴシップ記事を読んで想像したヴァシリ・サノスなのかはわからない。

この状況を打開できない自分にいらだち、ヴァシリは手で髪をかき乱した。迅速な決断や問題の解決に向けて方向転換することには慣れている。しかしこの状況を考えると、慎重に事を進めるべきだった。

ローラと距離を置こうと、彼は一歩下がった。

彼女を落ち着かせるためか？　それとも自分を？

ヴァシリは顔をしかめた。そんなばかな。冷静沈着が僕の専売特許だったはずだ。

「いいかい、ローラ。今の君に休息が必要なのは明らかだ。しばらくしたら戻ってくるから、そのとき話そう」

そうすれば、散漫な思考をまとめる時間ができる。ローラが妊娠しているという現実を、ヴァシリはまだよくのみこめていなかった。それに、おなかの子が自分の子供なのかどうか知りたくてたまらないが、無理強いして彼女を苦しめたくはなかった。

「いいえ、今話しましょう。長くはかからないから。話がすんだら帰ってちょうだい」

キッチンのカウンターにもたれていたローラが背筋を伸ばし、小さなダイニングテーブルの椅子に腰を下ろした。ヴァシリも彼女に続いた。

ローラがテーブルの上で両手を組み合わせた。

「妊娠しているのは本当よ」

「彼が子供の父親だからここに越してきたのか？　それともプライバシーを守るため？」

ヴァシリは調査員の報告から、ローラがシドニー郊外に自分の家を持っていることを知っていた。彼女がシドニー市内のアパートメントにいるという最新情報を得たのは、彼がオーストラリアに降りたった今朝のことだった。

ローラが答えるまでにしばらく間があった。彼女なら立派な戦術家になれるかもしれないとヴァシリは思った。沈黙を長引かせて返事を待つ相手をじりじりさせるのは効果抜群の戦術だ。

しかし、ローラはこちらをいらだたせようとしているのではなさそうだ。彼女は感情と闘っているように見え、ヴァシリのいらだちはやわらいだ。彼女を追いつめても無駄だ。とはいえ、胸にわきあがる感情を抑えて待つために、彼は忍耐力をかき集めた。

十年以上前に一度だけ、同じような経験をしたことがある。自分の世界が崩壊し、ありえないことが現実になったのを知ったときだ。今回もまた現実離れした感覚に襲われ、ヴァシリは頭がくらくらした。もう二度とこんなことは起きないと、あのときは自分に言い聞かせたが、大間違いだったようだ。

ローラは深呼吸をして気持ちを落ち着けようとしたが、うまくいかなかった。人生が激変してしまうほどの突発的な出来事に直面するのは、何年ぶりだろう？

「ローラ？」

ヴァシリの黒い瞳を見あげたローラは、一瞬そこに気遣いを読み取った気がした。

彼にだまされないで。いいえ、自分をだまさないで。

最初はしかたなかったかもしれない。なにしろ彼はゴージャスで、セクシーで、とてつもなく魅力的な男性なのだから。でも、二度目は言い訳できない。どんなに彼を信じたくても。

ローラは肩をすくめた。「ジェイクは昔からの友人なの。マスコミに見つからないよう、ここにしばらくいればいいと言ってくれたのよ」

でも、いつマスコミが今度はジェイクを追いまわすようになるかわからない。

「恋人ではなく友人なのか？」

恋人だと嘘をつきたかった。ヴァシリ・サノスを追い返すためならなんだってしたい。軽蔑しているのに、彼が目の前にいるとどきどきする。彼ほど私の胸をときめかせた男性は他にいない。

ヴァシリが婚約者を裏切り、不本意ながら三角関係に巻きこまれたことを知った今でさえ、私は彼がなんとかしてくれると思いたがっている。二人が分かち合ったのは愛ではないとわかっているのに。

その事実に気づき、背筋がこわばった。

十二歳のときに自分の世界が崩壊して以来、男性に救ってもらおうとしたことはない。

必要なら、自分で自分を救う。

ローラは顎を上げ、ヴァシリと目を合わせた。

「ジェイクと私は恋人同士ではないわ」

ヴァシリが息を吸いこむとたくましい胸がふくらんだ。彼がその言葉を聞きたかったのは間違いない。

彼はおそらく、私が妊娠していないこと、妊娠しているとしても自分の子でないことを確かめるためにここへ来たのだろう。ギリシアにいる華やかな婚約者が、他の女性が彼の子供を身ごもっていると聞いて喜ぶとは思えない。

でも、それならなぜ自ら来たのだろう？　情事の口止め料を払うという話なら、部下を送りこめばすむのに。

ローラにはヴァシリの考えが読めなかった。だが、彼の真意を探る確実な方法がある。しかもその方法なら、私が望んでいること、つまりヴァシリに永遠に姿を消してもらうことができるはずだ。

ローラは両手をおなかの上で組み合わせ、傲然とヴァシリを見た。「私が身ごもっているのはあなたの子よ」

4

ヴァシリがぴたりと動きを止めた。まったくの無表情で、学校の美術の教科書で見た彫像のようだ。秀でた額とまっすぐな鼻と高い頬骨が、角張った顎と相まって力強い男らしさを発散している。

しかし、ヴァシリは大理石でできた彫像ではない。肌には温かみがあり、喉の付け根で脈が激しく打っている。

ローラはそこにキスをしたこと、彼の肌のエキゾチックな香りを吸いこんだこと、力強い生命力を感じたことを思い出した。

ヴァシリ・サノスのことを考えるのはもうやめなくては。彼は休暇中の情事を楽しんだお金持ちのプレイボーイにすぎない。

いつまでも動かないヴァシリを見れば、どれだけショックを受けているかがわかる。彼が子供を望んでいなかったのは間違いない。

ローラは自分を守るように腕を組んだ。

今のところ、妊娠の兆候は生理がなくなったこととつわりだけだった。自分が妊娠しているとはいまだに信じがたい。だが、ヴァシリの無表情の顔を見ていると、この新しい命を守らなければならないという強い欲求に駆られた。私の推察が正しければ、彼はこの子とは関わりたくないだろうから。

この子には私しかいないのだ。その強い思いは母親との関係を思い出させた。

でも、私は母よりも強い。何があってもあきらめず、子供にすべてを捧《ささ》げよう。その気持ちに嘘《うそ》はない。

ローラは背筋を伸ばした。自分と子供の明るい未来のために戦おう。

　思いがけない妊娠だったうえに、子供の父親が軽蔑すべき男性であるにもかかわらず、ローラの中にはすでに赤ん坊への保護欲が芽生えていた。子供に何かあったら、私は生きてはいけない。

「医者に診てもらったのか？」ヴァシリが鋭い視線を向けた。

「まだよ」

「もう何カ月もたっているじゃないか！」

「仕事が忙しかったの」

「妊娠検査薬の結果が間違っているかもしれない」

「だったら、あなたは肩の荷が下りるでしょうね」

ローラは侮蔑を隠そうともしなかった。「婚約者にしたくもない説明をしなくてすむもの」

　もっとも、それはヴァシリに説明するつもりがあればの話だ。彼は間違いなくDNA検査を要求したうえで、私を口止めしようとした事実をもみ消すはずだ。

　ヴァシリの黒い瞳の魅力に引っかかってしまった自分の愚かさを、私が世間に暴露したがっているとでも思うのだろうか？　あのとき私はどうかしていた。今となっては忘れたい記憶だ。

　侮蔑のこもった言葉に腹を立てたかのようにヴァシリが顔をしかめたが、ローラは気にしなかった。婚約者のいる男性と関係を持ってしまった罪悪感の重みをひしひしと感じていたせいで、彼を簡単に許す気にはなれなかった。

「妊娠検査薬は三回試したわ。それも全部違うメーカーのものを。間違っている可能性は低いと思わない？」

　ヴァシリが首をかしげた。「どうかな。やはり医者に診てもらわなくては」

　ローラはじっくりと彼を観察した。「どうしても私が妊娠していないことにしたいみたいね」

ヴァシリの口元が引きしまり、何か定かではない感情が瞳をよぎった。「君と赤ん坊の健康を考えているんだ」

喉に熱いものがこみあげた。私の健康を心配していたの？

いや、ヴァシリはもっともらしい嘘をついただけかもしれない。これまでの自分の経験や彼のやり口を考えれば、ありうることだ。

リゾートでヴァシリと過ごすうち、ローラは男性への古い偏見を捨てた。直感的に彼を信用したのは、それまで知らなかった強いつながりを感じたからだ。人生の伴侶を見つけたと思うほど愚かではなかったが、彼の誠意は疑わなかった。

だからこそ、怒りや痛みはローラの中に深く刻みこまれた。今まで築きあげてきた防御の壁をすべて打ち壊されるような衝撃に襲われ、心がぼろぼろになった気がした。

「何が目的なの？」

ヴァシリの目的が早くわかれば、それだけ早く彼を私の人生から追い出すことができる。

ここに到着してから初めて、ヴァシリの口元がかすかにほころんだ。ローラは体の奥底に欲望がわきあがるのを感じた。

「目的？　僕の目的は君の無事を確認し、妊娠しているかどうか確かめることだ。それだけだよ」

ローラは椅子の背にもたれ、腕を組み直した。

「そう言われて私が信じると思うの？　不都合な子供が生まれることをあなたが喜んでいるはずがないわ」

いきなりヴァシリが笑みを消し、身を乗り出した。間には小さなテーブルしかなく、ローラは彼から強い感情が波動となって伝わってくるのを感じた。

「誰がその子を不都合な子供だと言った？」

「じゃあ、子供が欲しいの？」ギリシア人は家族のなった気がした。

結束が強いことで知られる。ヴァシリはおそらく、悪魔さえも誘惑できる黒い瞳とほほえみを持った丈夫な男の子を想像しているのだろう。

「僕に選択の余地はないじゃないか」

しかしローラは一瞬、彼の顔が興奮に輝くのを見た気がした。「自分の力ではどうにもならないことがあると知るのはショックでしょうね」ヴァシリはこれまで金に飽かしてなんでも思いどおりにしてきたのだろう。

「ああ、それはずいぶん前に学んだよ」

彼の険しい表情と厳しい口調に気づき、ローラは目をしばたたいた。「それで、どうするの？　私にDNA検査を受けさせる？　秘密保持契約書にサインさせる？」

私の人生から永久に彼を追い出すためなら、どんなことでもしよう。

ヴァシリが眉間にしわを寄せ、唇を引き結んだ。

「DNA検査も秘密保持契約もいったん忘れよう。最優先事項は君の診察の予約を取ることだ」

ヴァシリが携帯電話を取り出した。私を気にかけていると思わせて、不信感をやわらげようとしているのだろうか？　私をうまくごまかせるとでも？

「そうね、かかりつけのお医者さまに診てもらうわ。予約を取ろうと思っていたのに、パパラッチに気を取られて忘れていたの」

「よし。その間にもっといい君の滞在先を用意するよ。このアパートメントは狭いし、セキュリティがよくない。誰でも出入りできるじゃないか」

ローラは片手を上げた。「そこまでよ。必要なことがあれば、自分でやるわ」

自分がこんな会話をしていることが信じられなかった。ヴァシリは秘密保持契約を結ばないと、養育費の支払いに応じないと脅してくるかもしれない。

お金が欲しいわけではないけれど、私は夢見る乙女ではない。シングルマザーの経済的な苦労ならよく知っている。

ヴァシリが携帯電話をテーブルに置いた。本心を隠しておこうと決めたかのように、表情はまったく読めない。

彼女が黙っていると、ヴァシリが続けた。「信じてほしいんだ、ローラ。まだ話せないことがあるんだが、いずれ――」

「信じてほしいですって？」よくもそんなことを。ヴァシリはつき合っている相手はいないと思わせて私を誘惑し、傷つけただけでなく、婚約者を裏切ったのだ。「無理よ。だったら誠意を見せてちょうだい」

ヴァシリが殴られたかのように頭を後ろに引いた。

「はなから信用してもらえないんだな」

必死に息をしながら、ローラは彼が言い訳するのを待った。許されない罪を犯したのに、なんとか言い逃れようとするのを。

ところが、ヴァシリは言い訳する代わりに静かに言った。「クイーンズランドでは僕を信用してくれたじゃないか」

それは卑劣な一撃だった。この私が確かにあっさりだまされてしまったのだ。

「あれは話が違うわ。あなたに婚約者がいるなんて夢にも思わなかったし、一度くらいなら自分の欲求のままにふるまってもいいと考えたのよ。それがこんなに厄介なことになるなんて……」

そこではたと、ヴァシリが自分の婚約について説明するときに使ったのと同じ〝厄介〟という言葉を口にしてしまったことに気づき、胃がむかむかした。

「ローラ、どうしたんだ？　顔が真っ青だぞ」

ヴァシリの顔は心配そうだった。以前目にした内に秘めた激情も、見慣れた笑いの気配もない。表情は険しく、口元には緊張が漂っている。

まんまとだまされてはだめ。嘘つきは、人が見たいと思う表情をするのよ。わかっているでしょう？

唐突にローラは立ちあがった。「帰って。今すぐに」

「まだ――」

「つわりなの。今にも吐きそう。お願いよ」

驚いたことに、ヴァシリはあっさり引きさがった。しかし、さっさと玄関から出ていく代わりに、ローラの肘を取ってバスルームへ連れていった。

不思議な感じだった。これに慣れてはいけないとローラは思った。幸いなことに、バスルームに置かれたスツールに彼女を座らせると、ヴァシリは手を離した。ところが、そのあとフェイスタオルを取って水で濡《ぬ》らし、彼女の顔と首を拭いてくれた。

一瞬、緊張がほぐれ、ひんやりしたタオルと彼のやさしい介抱に至福の安堵《あんど》を覚えた。

だが、すぐに視界がぼやけ、吐き気に襲われた。

「お願い、ヴァシリ、一人にして」

「話はまた今度にしよう。いったん帰るよ」

ドアがぴったりと閉まり、ローラはほっとした。だが、吐き気がおさまると、話はまた今度にしようというヴァシリの言葉が思い出された。あれは約束なのか、脅しなのか。彼の口調に温かさや思いやりを感じたのは愚かだったかもしれない。

「いいえ、コンスタンティン、僕はそのミーティングには出ませんよ」

通りを歩きながら、ヴァシリは携帯電話を耳に当てていた。もう我慢の限界だった。オーストラリアに到着してからのこの二、三日、忍耐力をいやというほど試されている。

温かく迎えてくれると思っていたローラは、まるで悪党でも見るような目をこちらに向け、近づこうともしなかった。あれから一度も会っていない。

ローラに重要な話があった。電話ではなく、直接会って話したい。だが、彼女は断固として拒んだ。

ヴァシリはいらだちを覚えた。あの情熱的な恋人はどこへ行ってしまったのだろう？

いや、ローラは以前と同じように魅力的だった。冷ややかな態度と険しい視線は僕をいらだたせると同時に、またベッドに誘いたい気持ちにさせた。二人が分かち合ったものは本物だったと証明するために。

だが、パパラッチに追いまわされている体調の悪い女性を誘惑すれば、自分が彼女の非難どおりの利己的なプレイボーイだと証明することになるだろう。

「問題の取り引きについて、僕なりの査定を五日前に送りました。その買収に価値があるかどうかの判断材料も」ヴァシリは何日もかけて精査し、公表されている数字からではわからない落とし穴を発見して、独自の予測を立てていた。

「だが、役員会は疑問を持つかもしれない。これは複雑な交渉だ。君がじかに説明すれば、彼らも安心するだろう」コンスタンティンが食いさがった。

そして伯父も安心するというわけだ。帰国させ、ユードラとの結婚について甥《おい》を説得するつもりなのだろう。式の日取りは早ければ早いほどいい。

コンスタンティンは、サノス社は一族のものであるべきだと考えていた。ヴァシリの祖父、そして義弟であるヴァシリの父親の忠実な部下だった彼は今、会社のトップという地位以上のものを求めていた。自分の役割と将来の利益の分け前を確固たるものにするために、甥を継娘と結婚させるよりいい方法があるだろうか？

「僕の判断が信用できないのなら――」

「そんなことはない！」コンスタンティンが即座に否定した。

ヴァシリはほくそえんだ。会社の成功が甥にかかっていることをわかっているのだ。

「そうですか。では、僕が提供した資料を使ってください。自信がなければ、アシスタントのアレコが詳細を説明してくれますよ」

それからヴァシリは目の前のビルの住所表示を見た。やっと着いた。胸が期待に高鳴っている。それとも緊張のせいだろうか。

「これから一つ約束があるので、何かあったらアレコに連絡してください。僕はしばらく電話に出られませんから」

「新しいビジネスチャンスか？」コンスタンティンは興味を隠さなかった。だが、甥がどこにいるのか、なぜそこにいるのか、想像もつかないだろう。

ヴァシリは十代のころからマスコミの標的になってきた。彼がオーストラリアで父親になったという噂《うわさ》など、ギリシアでは誰も真に受けないはずだ。

「たぶん」ヴァシリはにやりとした。

「もしそうなら、あとで教えてくれ」

「わかりました。それでは」ヴァシリは電話を切り、クリニックのドアを開けた。胸がどきどきしている。興奮だろうか、恐怖だろうか？

分析している暇はなかった。緊張した面持ちのローラがそこにいたからだ。雑誌を見ているが、近づいてみると、視線がまったく動いていなかった。読むふりをしているだけだ。唇を噛《か》んでいるところを見ると、不安なのだろう。彼女の癖なのだ。

ヴァシリはローラの横に座り、いつものようにすてきだとささやいた。

嘘ではなかった。首元から裾までボタンがずらりと並んだ赤錆《あかさび》色のワンピースを着たローラは、シックでセクシーだった。ボタンを一つ一つはずし、その下にある温かい体をゆっくりとあらわにしていく自分の姿が想像できる。

ローラに触れたいという欲求が強すぎて震えだし

た両手を、ヴァシリはポケットに突っこんだ。脚を伸ばし、ライムとココナッツと温かい体の香りに鼻孔がふくらむのを無視して、彼女に物憂げな笑みを向ける。

それは望ましい効果をもたらした。ローラの表情から不安が消え、代わりに嫌悪感が浮かんだ。

そのほうがよかった。ローラのもろさを感じると落ち着かなくなる。ヴァシリは彼女の目から陰りを追い払いたかった。

それに、嫌悪感は自分に対する情熱が完全に失われていないことを意味する。もし失われたのなら、こんな反応は示さないだろう。

「ミズ・ベタニー？」にこやかな女性がクリップボードを持って二人の前に立った。「お入りください」

そこでヴァシリをちらりと見る。「パートナーの方もどうぞ」

ヴァシリはローラが何か言うのを待った。結局、彼女は診察につき添ってほしいとは言わなかったのだ。するとローラがヴァシリを横目で見て、あきらめに近い感情を顔に浮かべ、唇を噛みしめてからうなずいた。

サノス家の男たちは女性にもてるというテオの説はどうやら当てにならないようだ。しかしテオは、これほど心を動かされまいとするかたくなな女性には会ったことがなかったに違いない。

十分後、ローラが診察台に仰向けになり、技師が超音波検査の準備をしている間、ヴァシリは平静を装っていた。ワンピースのボタンがいくつかはずされ、ふくらみはじめた腹部があらわになった。

彼女の妊娠がまぎれもなく現実だと悟り、誇らしさと驚きに満ちた衝撃がヴァシリの中に走った。

しかも、久しぶりにローラの体の一部を見て、クリニックという場所にいるにもかかわらず、そのシルクのようななめらかな肌をエロチックだと感じた。

僕はいったいどうしたんだ？　健康的な欲求はあるが、一人の女性にこれほど執着したことはない。ローラのことで頭がいっぱいじゃないか。

ギリシアに戻って以来、ローラへの欲望で絶えず体がうずき、彼女と過ごした時間が恋しかった。彼女の明るい笑い声も温かい笑顔も、失って初めて大切だったと思い知った。

「ほら」技師がモニターに目をやった。「赤ちゃんですよ」

ヴァシリはモニターを凝視し、見ているものの意味を理解しようとした。技師が小さいけれどはっきりとした胎児の姿を示すと、目が釘《くぎ》づけになった。

僕の子供。僕たちの子供。

ローラが妊娠していると聞かされるのと、こうして新しい命を目の当たりにするのはまったく別のことだった。順調にいけば数カ月後には父親になっていることがしっかりと理解できた。

頭の中で考えていた責任が現実のものとなり、興奮と恐怖が入りまじって胸に押し寄せた。

モニターを見つめるローラに視線を移す。彼女のまつげには涙が光っていた。ヴァシリがローラの手を取ろうとしたとき、技師がまた口を開いた。

「ちょっと待ってください。もしかすると……」

「なんですか？」ヴァシリとローラは同時に尋ねた。

彼の体に緊張が走った。赤ん坊に何か問題があるのだろうか？　それとも母体に？

ヴァシリはモニターのほうに身を乗り出した。ローラが固唾をのんでいるのに気づき、安心させるように彼女の手をそっと握った。

そうすると、ヴァシリの中の緊張がほぐれた。彼は深く息を吸い、自分のためだけでなく彼女のためにも冷静になろうとした。妊娠は意図したものではないが、二人の結びつきは本物だ。

技師がまずローラを、それから彼を見た。「今のところ、問題はありません」

「でも？」ローラが先を促した。

ヴァシリは心臓が引っくり返りそうになり、ローラの手をきつく握った。

「心拍が二つ聞こえます。お子さんは双子ですね」

「双子？」

ローラの声が遠くから聞こえた。モニターの画像がぼやけ、耳鳴りがした。ヴァシリに聞こえたのは、自分の速い脈拍と荒い呼吸だけだった。

動揺を隠そうとポケットに両手を突っこみながら、これはショックなのだと、彼は漠然と悟った。

ローラが妊娠を打ち明けたとき、なぜ双子の可能性を考えもしなかったのだろう？

赤ん坊が双子だという事実こそ、僕が父親である何よりの証拠ではないか！

そのニュースはヴァシリの世界を再び真っ二つに引き裂いた。ローラと技師の会話がぼんやりと耳に入ってくる。しかし彼は突然、自分の片割れを失った日のギリシアの病院に引き戻されていた。

口の中に錆のような血の味が広がり、古い悲しみの苦い味と混じり合った。

ヴァシリはテオのことしか考えられなくなった。二人が共有していたのは経験や感情だけでなく、他人には決して理解できない深いつながり、言葉にしなくても伝わる意思だった。相手に何かあったときは不吉な予感を覚えた。だから、あの悲嘆は……。

息が苦しくなり、ヴァシリは必死に空気を肺に送りこんだ。テオがいなくなったあと、彼は完全に立ち直ることができなかった。それでも、常に忙しくすることで悲しみを押し隠そうと最善を尽くした。

しかし、思い出すのはやめられなかった。片時もテオを忘れられなかった。

今、ヴァシリはテオが一度も訪れたことのない国にいた。それなのに、双子の弟に最も近づいた気がした。彼はその感覚をしっかりと胸に抱きしめた。テオの記憶を鮮明に保とうと努力してきたにもかかわらず、最愛の弟とのつながりはしだいに薄れつつあった。

十三年前と同じように、彼は痛いほどの喪失感を覚えた。ここから逃げ出し、どこか人目につかない場所で悲しみにひたりたくなった。

しかし、それはできない。

ローラと赤ん坊たちには僕が必要だ。

視線を落とすと、彼女のはしばみ色の瞳がこちらを見つめていた。

5

ローラはヴァシリが手をほどくのを感じ、彼を見あげた。顔が真っ青だ。それを見て、喉が締めつけられた。そうでなければ、彼の名前を口走るところだった。

双子の可能性など考えたこともない。一人ならまだしも、二人の新生児の面倒を見るなんて……。双子の赤ん坊の世話に奮闘する自分の姿が脳裏に浮かんだ。興奮を覚えてしかるべきなのに、ローラがとっさに感じたのは狼狽《ろうばい》だった。

はたして私にできるだろうか？

今この瞬間、母が生きていてくれたらとローラは思った。支えてくれる家族、自分を愛し気にかけてくれるパートナーがいたらと。

　気をきかせて技師が席をはずすと、ローラは目をそらした。ヴァシリは何も言わない。彼女の横に立っているにもかかわらず、どこか別の場所にいるかのようだった。

　これは男性の度量を見極める一つの方法よ。子供が双子だという現実を突きつけられた彼がどう反応するか、見てみなさい。

　ローラはぎゅっと目を閉じた。彼女自身もショックを受けていた。もうすでに、妊娠中に何か問題が起こるかもしれないという恐怖と、双子が生まれたあとの育児への不安と闘っている。

　ローラが目を開けたとき、ヴァシリはこちらを見ていなかった。ただ宙を見つめていた。その表情は最悪の悪夢に直面しているかのようだった。

　ジェイクはここ数日、私に一人で考える時間を与えるために友人の家に泊まっている。でも、いまだにヴァシリのことをどうしたらいいのかわからない。

　ヴァシリはお金で私を黙らせようとしたり、父子関係を否定したりすることはなく、DNA検査にこだわることもなかった。彼の関心は、マスコミから私を守り、診察を受けさせることに向けられているようだった。だから本当におなかの子供のことを気にかけているのだと私は思いこんだ。でも、すべては錯覚だったのだ。

　今のヴァシリのようすを見て、目が覚めた。私の妊娠という現実は彼にとってあまりにも重すぎたのだろう。

　自分と赤ん坊のために強くならなくては。彼がそばにいて支えてくれるとは思えない。

　新しい街で仕事を見つけ、家族や友人の支えもなく、トラウマを抱えた子供を育てるために一人奮闘していた母のことを、ローラは思い出した。私には家族はいないかもしれないけれど、友人がいるし、貯金もある。私なら大丈夫。

技師が戻ってきて、ヴァシリからローラへと視線を移した。「ご家族に双子はいらっしゃらないんですか？　だったら、びっくりしますよね」

ローラはヴァシリを見ないようにして小さくほほえんだ。「ええ、一族に双子は一組もいません」

双子がいるかどうか知らないと打ち明けるより、こう言ったほうがいい。母から親族に双子がいるという話は聞いたことがない。父は一人っ子だと言っていたけれど、息をするのと同じくらい簡単に嘘《うそ》をつく人間だったから、信憑《しんぴょう》性はない。

「実は」ヴァシリの重々しい声が響いた。「僕の家系には双子が多いんだ」

ローラが彼に質問しようとしたとき、それなら主治医ともう一度話したほうがいいと技師が勧めた。

「何か問題があるわけではありませんが、出産を控えた親が多胎児の出産について不安を抱くのは当然のことですから」

超音波検査で使ったジェルを拭いてもらい、ワンピースのボタンを留めると、ローラはふらつく足でドアに向かった。ヴァシリが手を伸ばしてきたが、かまわず足を速めた。

外に出ると、バス停に向かって歩道を歩きだした。

「ローラ、話があるんだ」ヴァシリが彼女を呼びとめた。

彼はもうローラに触れようとはしなかった。ただ、そこでも動かないという態度でそばに立っただけだ。

「検査の結果に驚いたのはわかる」とっさにローラがパニックに陥るのを見抜いていたかのように、彼が冷静に言った。「受け入れるのは大変だ。だが、話し合わないといけないことがあるのも間違いない」

ヴァシリはいたって理性的だった。解決すべき問題があるのは事実だ。避けていてもしかたない。

ローラはうなずいた。「そうね」さっさと話し合えば、それだけ早く彼と別れられる。「カフェに行きましょうか？」

「二人きりのほうがいいだろう。アパートメントまで送るよ」

彼女は抗議したかった。あの狭い空間に二人でいるのは、この前だけで十分だ。裏切られた恨みと怒りを抱いているにもかかわらず、ヴァシリがそばにいると意識してしまう。

ただ、確かに二人だけのほうが話はしやすい。

「わかったわ。そうしましょう」

ローラはシルバーのスポーツカーに乗りこんだ。パワフルな車を軽々と操るヴァシリのハンドルさばきには思わず感嘆した。ここが自分ではなく彼の地元であるかのようだ。彼の運転なら安心できる。

それからふと、ヴァシリがカーレースや長距離ラリーに出場したことがあると言っていたのを思い出した。二人の人生はまったくかけ離れているのだ。ベッドでの相性は最高でも。

ローラは身を縮め、窓の外に目を向けた。

「ローラ、大丈夫か？　車を止めるかい？」

ヴァシリの洞察力が煩わしかった。かつてはその気遣いがうれしかったのに、今は押しつけがましく感じる。

「大丈夫よ」嘘だった。身ごもっているのが双子だと知り、まだ動揺していた。でも、話し合いがすめば、彼は帰るだろう。

だから、ちゃんと話し合うことを避けてきたの？　すべてが解決したら、彼ともう会えなくなるから？　まさか！　彼にはさっさと立ち去ってほしい。私は早く自分の人生をやり直したい。

ヴァシリが悪態をつき、ローラは我に返った。ギリシア語は理解できなかったが、口調から悪態に違いない。車のスピードが落ち、突然ハンドルが切られた。ジェイクのアパートメントの前におおぜいの人が群がっているのが見えた。大きな望遠レンズに太陽の光が反射している。

「パパラッチがいたわ」車内の空気が薄くなったように感じ、ローラは気分が悪くなった。「どうしてわかったのかしら？」

ヴァシリがまたハンドルを切って裏通りを抜けながら、顔をしかめた。「君の居場所を突きとめるのにこれほど時間がかかったほうが驚きだよ。たぶん君の知人をしらみつぶしに調べたんだろうな」

ローラは早鐘を打つ心臓のあたりを手で押さえた。マスコミの関心が薄らいだと思うとは、なんて甘かったのだろう。ヴァシリ・サノスはマスコミにとってあまりにも魅力的な取材対象なのだ。

彼女は携帯電話を取り出し、ジェイクの短縮ダイヤルを押したが、留守番電話に切り替わった。

「彼に常識があるなら、出ないよ」

ローラは自分の意図をヴァシリにあっさり読み取られたことに驚いた。

彼が肩をすくめた。「脚光を浴びて育つと、いやでもマスコミのやり方を学ぶものだ」

「どうやって耐えるの？」

「無視するんだ」ヴァシリの口元がゆがむのを見て、ローラは奇妙な痛みを感じた。「今のところは君を安全な場所へ連れていくことで気をまぎらせている」

「どこかいい場所はある？」

ローラは十代のころから自分で道を切り開いてきた。だが、双子を身ごもっているという事実に動揺するあまり、貪欲なパパラッチたちを目にして弱気になっていた。

「ああ」ヴァシリは車線を変更し、街の中心部に向かった。「今、手配するよ」彼がギリシア語で何か言うと、ハンズフリーの携帯電話が点灯し、数秒後、男性の声がギリシア語で応じた。

ローラは二人の会話にまったくついていけなかった。彼女のギリシア語の知識といえば、ムサカ、スブラキ、ギロスと、ギリシア料理の名前だけだった。

思考は堂々めぐりするばかりで、なんの解決も見いだせず、そのうち車の単調な振動に誘われるまま、疲労に耐えかねて目を閉じた。

目を覚ますと、車は止まり、ギリシア語の会話も終わっていた。車内にはシナモンと石鹸《せっけん》と男らしい香りが漂っている。ローラは息を吸いこんだ。

運転席にはヴァシリが座り、こちらを見つめていた。彼の視線がローラの顔から胸、唇、そして最後に目にそそがれると、体が熱くなった。

彼は何も言わず、視線もそらさない。

ローラは自分の体に火がつく音を聞いたような気がした。下腹部では欲望が渦を巻いている。血管を流れる血液までもがより熱く、より速く感じられた。

そして、ヴァシリの黒い瞳に何かが燃えあがるのが見て取れた。

安堵《あんど》と歓喜、それにすべてがまた正しくなったという感覚が高まった。

どちらからともなく近づいた。ヴァシリの唇が開き、熱い視線が期待に満ちたローラの唇にそそがれた。

彼女が我に返ったのは、体がヴァシリに近づくのをシートベルトに阻まれたからだった。

妊娠。双子。パパラッチ。誰か他の女性と婚約しているヴァシリ……。ローラは身を引き、背中を車のドアに押しつけた。まるで朝のランニングを終えたばかりのように呼吸が荒い。

私はどうしてしまったの？　なぜ自分の弱さに打ち勝てないのかわからない。

「ここはどこ？」窓の外にはコンクリートの壁が見えた。地下駐車場だろう。

「二人きりになれる場所だ」

ヴァシリの穏やかな声を聞いたローラは、肌だけでなく、体の奥深くの傷つきやすい部分まで温められた気がした。

この短い言葉になぜそんな力があるのだろう？

理由は、スエードのように柔らかな声と魅惑的なアクセントが私を至福の日々に引き戻したからだ。彼と分かち合った信じがたいほどの親密感を、今ではそれが偽りだったと知りながらも切望しているからだ。

「おいで。快適なところに行こう」

ローラはとっさにどこにも行かないと言おうとしたが、ヴァシリの車に残るという選択肢はなかった。

数分後、二人は専用エレベーターを降りた。

そこは見たこともないくらいすばらしいアパートメントだった。巨大なリビングエリアは二面が窓で、片方はフェリーが行き来するシドニー・ハーバー・ブリッジとサーキュラー・キーに面していた。それだけでも十分壮観だったが、もう一方には緑豊かな植物園の向こうに広大な港が広がっていた。

「ここはどこ？」

「友人の住まいだ。めったに来ないから使っていいと言われた。ホテルよりもプライバシーが保てる」

ローラはうなずき、高価な調度品と、どこまでも続いているような廊下を見渡した。

「最上階《ペントハウス》なの？」

「ああ」ヴァシリがバスケットボールチームが全員座れるほど長いソファを示した。「飲み物を持ってこよう。何がいい？」

何か飲むより、このふかふかのソファで体を伸ばして一週間眠りつづけたい。

ローラははっとした。休んでいる場合ではない。気を引きしめなければ。今まではコーヒー党だったけれど、先日飲んだときは胃が受けつけなかった。

「紅茶をお願い。ミルクを少し入れてくれる？」

ヴァシリがトレイを持って戻ってくると、彼女は窓際の肘掛け椅子に腰を下ろし、靴を脱いで足台《オットマン》に足をのせた。

紅茶を一口飲んだローラは、ヴァシリがソファに腰を下ろすのを待って口を開いた。「それで、話し合わないといけないことというのは？」

赤ちゃんのこと？　それとも、私と休暇中のロマンスを楽しんでいる間、ギリシアに結婚を待っている美しい女性がいたことを説明するつもり？

そう考えるといまだに気分が悪くなるが、いつまでもこの話題を避けているわけにはいかない。ヴァシリ・サノスが現れ、まるで父親になりたがっているかのようにふるまうとは思ってもいなかったのだ。

ヴァシリの態度はローラの世界を根底から揺るがした。もし彼が父親になりたがっているのなら、それほどひどい人間であるはずがないからだ。でも経験から言って、そんなことはありえない。それに、大金持ちの既婚男性との間に子供を持つことの複雑さは想像しただけでぞっとする。

「子供が双子とわかって、考えが変わった？」ローラは思わず問いかけた。

ヴァシリが首を横に振った。「まさか、そんなことはない」それから、疑わしげに目を細めた。「君はどうなんだ？」

ローラは肩をすくめた。「とにかく驚いたわ。一人でもうろたえていたのに、もう一人いるなんて」

育てられないかもしれないと心配していることを認めたくなくて、ローラは唇を噛《か》んだ。双子の世話をしながら、始めたばかりのビジネスをこなせるだろうか？　貯金だけでいつまで生活できるだろう？財政計画を立て直さなければならない。

ヴァシリと目が合った。彼は支援を申し出てくれるかもしれないけれど、その代償は？

ヴァシリがまなざしをやわらげ、膝に肘をついて身を乗り出した。「大丈夫だよ、ローラ。君は一人じゃないんだ」

ローラは深いため息をついた。彼の言うとおりだ。いつものように自分の目下の状況を改善する努力をする代わりに、私はパニックに陥っていた。ジェイクのアパートメントの前に群がっていたパパラッチと、赤ん坊が双子だったという事実にすっかり動転してしまったのだ。

ゆっくりと呼吸を整えるうちに、動揺がおさまってきた。

「まず休息とプライバシー、それに時間が必要だ」

ローラはうなずいた。確かにここにしばらくいれば、ヴァシリとの話し合いや将来設計に集中できる。

「実は、さっき車の中で全部手配した」

「手配した？」

話し合いのためにここへ来たはずなのに、彼がすべて決めたというのだろうか？

ヴァシリがうなずき、満足げにソファの背にもたれた。「詮索好きな連中が絶対に近づけない最適な場所を知っている。パスポートが必要だが、ジェイクが持ってきてくれるだろう」

「私のパスポートを？」

パスポートなら、昨年フィジーでの撮影のために取得した。だが、その仕事はキャンセルになったので、一度も海外には出ていない。

「ああ。ギリシアに来てもらうのに必要だから」

ヴァシリの笑みが広がった。彼はまるで帽子から兎《うさぎ》を取り出し、拍手を待つ手品師のようだ。

ローラは腕組みをしてかぶりを振った。「あなたの婚約者が認めるとは思えないわ。それに私だって、あなたの愛人扱いされるのはまっぴらごめんよ」

6

ヴァシリの笑みが消えた。

客観的に考えれば、他の何よりも先にそのことを説明し、ローラの誤解を解くべきだとわかったはずだ。ヴァシリは一方的に裏切り者と決めつけられたことに怒りを感じるばかりで、今日まで彼女の心の傷の深さを理解していなかった。

しかも今は赤ん坊の画像を見たときの感動で胸がいっぱいで、自分の助けを必要としているこの女性の面倒を見なければならないという思いにとらわれすぎていた。

だから自分が一番得意とすること――問題を解決するための策を講じてしまった。長年、危険な冒険に挑んできたヴァシリには、迅速な決断と実行力が備わっていた。そのおかげで何度命拾いしたかわからない。経験から培った判断力と行動力はビジネスにおいても実を結んだ。

だが、決めるのはローラだぞ。たとえおまえが彼女の幸福だけを考えていたとしても。

ヴァシリはローラに悪く思われているのがつらかった。事情を知らない彼女に恨まれるのは当然だが、彼の愚かな部分は、一緒に親密な時間を過ごしたことで、自分が本当はどんな人間なのかわかってもらえたと思いたがっていた。決して女性を裏切るようなまねはしない男だと。

「ユードラに結婚を申しこんだことはない」

それ以上は言えなかった。

ローラが非難をこめてヴァシリを見た。その口調には不信感があふれていた。「彼女が結婚を申しこまれると思っていただけだというの?」

「そういうことじゃないんだ。ただ、結婚しないのは間違いない」彼は髪をかきあげた。

「でも、婚約したんでしょう？」

「これには複雑な事情があるんだ」ローラは納得したようには見えない。「家族の問題が――」ローラの表情を見て、ヴァシリは言葉を切った。彼女が怒っているからではなく、自分が彼女を傷つけたとわかったからだ。

もちろんローラは傷ついている。僕が他の女性と婚約しながら、情事を楽しんだと思っているのだ。目に痛みを浮かべた彼女を見るのはつらかった。

「私には家族はいないの」ローラの唇がゆがむのを見て、ヴァシリはナイフで刺された気がした。「あなたには大家族がいるんでしょうね」

「いいや」

全身の筋肉がこわばった。ローラの前で口を開くたびに失言してしまう。説明しようとしているのに、すべてが悪い方向へ進んでいく。

まだローラを求めているからこそ、事は簡単にいかないのだ。彼女はいまだに僕の欠点を見つけてやろうとしているかのようだ。僕はローラを見るたびに、彼女の新たな魅力に気づくというのに。

ふだんのヴァシリは雄弁で説得に長《た》けているが、シドニーに来て以来、ローラとの関係は一進一退だった。彼がこれほど途方に暮れることはめったになかった。

「大家族ではないが、僕を悩ませるには十分すぎるほどいる」ローラの目に何かが光った。理解だろうか？ たぶん気のせいだろう。「説明させてくれ」

ローラと再会してすぐに真実を打ち明けるべきだったのかもしれない。実際、そうしたかった。だが、ユードラとの約束は破れない。ギリシアを発《た》つ前に、ローラにはすべてを打ち明けるとユードラに話しておくべきだった。

ローラが椅子の背にもたれた。「どうぞ」

「僕もユードラも婚約の話は聞かされていなかった。二人とも望んでいないし、結婚するつもりもない。僕たちは従兄妹《いとこ》同士というより、兄妹《きょうだい》のようなものなんだ」

「おかしな話ね」

ローラは納得するまいと決めているかのようだった。何が彼女をそこまでかたくなにしたのだろう？ヴァシリは肩をすくめた。「とにかく、僕たちが結婚することはありえない。君との間に双子が生まれるとわかったのだから」

ローラが目を見開いたが、何も言わなかった。

「君が僕の子供を身ごもっているのに、他の誰かと結婚すると本気で思っているのか？」

ローラの顔が紅潮し、そのあと蒼白《そうはく》になった。ヴァシリが手を差しのべると、彼女はかぶりを振った。

「話題を変えようとしないで！　今はあなたの婚約について話しているのよ」

ヴァシリには理解できない何かが起こっていた。僕は何を見落としたのだろう？　ローラの不信感は根深すぎる……。

いや、今はそんなことを考えている時間はない。彼女が早く真実を知れば、それだけ早く二人は前に進むことができるのだ。

「僕の母と伯父が計画を練ったんだ。父の死後、伯父のコンスタンティンがサノス社の最高経営責任者《CEO》におさまったことと関係があってね」

「なぜあなたがCEOじゃないの？　頼りないからら？」

ローラは僕の心に刺したナイフをさらに深くねじこみたいらしい。

「そうじゃない。表に出ないだけで、実際に会社を切りまわしているのは僕だ」

テオはよくそのことでヴァシリをからかったもの

だった。ピンストライプのスーツを着て、帳簿に鼻を突っこみながら一生を送るのだろうと。一方自分は九時から五時までのデスクワークには耐えられないから、何物にも縛られない刺激的な人生を送るつもりだと言っていた。

冷たい指になぞられるようなおなじみの震えが背筋に走り、ヴァシリは唇をゆがめた。

「僕はCEOになりたくなかった。会社のために働くのはかまわないが、他にもやりたいことがあるんだ」

「世界を旅したり、鮫《さめ》と泳いだり、氷河を橇《そり》ですべったり、情事を楽しんだりしたいってことね」

ヴァシリは肩をすくめた。「人生は楽しむためにあるんだ」

人生はいつまで続くかわからない。父やテオを見てみろ。存分に楽しむ前に逝ってしまった。

情事について言い訳するつもりはなかった。女性とのつき合いはマスコミが思っているよりずっと少なかったと言っても、ローラは信じないだろう。あるいは、彼女と分かち合ったのは唯一無二のものだったと言っても。

「それがあなたの婚約と関係があるの？」ローラの視線はとげとげしかったが、先ほどの深い失望よりもましだった。

「母はずっと僕が落ち着くことを望んでいたんだ」

双子のことを聞いたら、母は有頂天になるだろう。母の興奮ぶりを思うと、ヴァシリはうれしくもあり不安でもあった。子供の存在が刻々と現実味を帯びてきている。

「でも、あなたは結婚したくない。もう十分自由を満喫したでしょうに」

顔を上げるとローラと目が合った。それは質問ではなく、口調にはまたもや非難が感じられた。僕のような男のことなら知っていると言わんばかりだ。

クイーンズランドで一緒に過ごしていたときは、非難めいたことなど一度も口にしなかった。ローラは明るく屈託がなかった。だが、ひそかに僕への不満をつのらせていたのだろうか？　だから僕に妊娠を打ち明けなかったのか？

「結婚したからといって、それまでより長くギリシアにいることにはならない」ただ、息子の安全を願う母の気持ちは強かった。テオの死はまだ家族に影を落としている。

「伯父のコンスタンティンはサノス社のCEOで報酬は高額だが、大株主ではないし、サノス家の出でもない」ヴァシリは肩をすくめた。「だが、伯父の妻の連れ子であるユードラと僕が結婚すれば、伯父は彼女を通じてサノス社の完全な支配権とより多くの利益を得られる」

「伯父さまはお金のためにあなたたちを結婚させたいの？」

「コンスタンティンは金に目がないんだ」言いすぎたかもしれないと思い、ヴァシリは両手を広げた。「だが、悪い人じゃない。実際、僕によくしてくれている。ただ、伯父と母はとても貧しい家庭に生まれた。継娘《ままむすめ》の結婚によって金と安定が手に入ったら、願ったりかなったりだろう」

ローラは眉をひそめた。「わからないわ。あなたもユードラももう大人よ。家族の圧力に立ち向かえばいいのに」

「そうしたよ。だが、勝手に結婚を発表されたんだ。コンスタンティンはユードラを、いまだに親の言うことを聞く小さな女の子だと思っている」

「彼女は同意していないの？」

この話をしたときのユードラのことを思い出し、ヴァシリの口から笑いがこぼれた。彼女はなだめようがないほど激怒していた。

「もちろん。彼女には彼女の計画がある。だからオーストラリアに着いたとき、君にすべてを話せなかった――」

「私には真実を聞く資格がないから？」ローラがすかさずさえぎった。しかし、怒っているというよりも困惑しているように見える。一歩前進だ。

「彼女の計画については誰にも言わないと約束したんだ。事前にもれるとだいなしになるから。だが、君が妊娠しているとなると……」ヴァシリはまだその事実を噛《か》みしめているところだった。これは一筋縄ではいかない問題だ。ローラは僕を信頼していないのだから。それに、僕にはまだ父親になる覚悟ができていない。

しかし、覚悟があろうとなかろうと、今できることを精いっぱい果たすのが人生だ。そして家族とは、決して背を向けることのできない存在だ。ローラの視線を受けとめたヴァシリは、血が騒ぎ、下腹部がざわめくのを無視しようとした。

「君に話さなければならないことは極秘事項だが、ついさっきユードラの許可を得た。君なら秘密を守ってくれるだろう。信じているよ、ローラ」

ローラも僕を信じてくれればいいのに。

「話を続けて」

「ユードラは結婚したがっている。相手は僕じゃない。他に好きな人がいるんだ。だが、父親に反対されると思っている」

ローラはかぶりを振った。「さっきも言ったけど、あなたの従妹《いとこ》は大人よ。彼女が決めることだわ」

「彼女の父親にそう言ってみるといい。伝統的な家庭で育った伯父は、古い考えの持ち主なんだ」

「彼女の相手はそんなに不適切な人なの？」

「僕が見る限り、礼儀正しく勤勉で献身的な男だ。ただ、ギリシア人じゃない。難民として着の身着のまま船でギリシアにたどり着いたんだ。奨学金で医学を学ぼうとしているが、伯父は前向きに考えようとしないだろう。娘が外国人と結婚することに偏見を抱いているはずだ」

「それが本当でも、従妹は彼と結婚することができるわ。私には、あなたたちが婚約していないことをマスコミに発表しない理由がわからない」

ヴァシリはゆっくりと息を吸いこんだ。「彼が永住権を申請しているからだ。もうすぐ結果がわかるだろう。もし伯父がそれを知ったら、承認が下りないよう画策するのではないかとユードラは恐れている」

ローラがようやく納得したような表情になった。

「中でも彼女が一番恐れているのは、父親に交際を知られ、彼を国外追放されることだ」

ローラは肘掛け椅子の背にもたれかかった。ヴァシリの説明はもっともらしく聞こえた。富裕層とは関わりがないけれど、政略結婚が珍しくないのかもしれない。

彼を信じたいんでしょう？

あの五日間で恋に落ちていたなら、ヴァシリが他の女性と婚約していると知ったとき、私は失恋していただろう。

でも、私は恋に落ちないように心に防壁を築いていた。自分が恋をするなんて思ってもいなかった。よりによってこの私がたった五日間でプレイボーイに恋をし、失恋するなんて、お笑いぐさだ。

しかし今ローラは、あなたを信じると言ってソファに移動し、ヴァシリと抱き合って、心地よいぬくもりにひたりたいという衝動と闘っていた。

もしヴァシリが誠実な人だったら？

用心しなさいとローラは自分に言い聞かせた。父は二枚舌のどうしようもない男だった。幼いころに学んだ教訓を無視するのは愚かなことだ。

「あなたの従妹は英語を話せる？　一度話してみた

いんだけど」

「僕の話を信じていないのか?」ヴァシリの声は平《へい》坦《たん》で、表情は硬かった。

「信じたいわ、ヴァシリ。でも、ユードラからも話を聞きたいの。この数カ月、私は三角関係の渦中にあると思っていた。そのことにどんなに傷ついたか……」声が震えたが、ローラは目をそらさなかった。ヴァシリに対する最初の直感は正しかったのかもしれないと思えていたが、確かめる必要があった。

「君はなんでも簡単には信じないんだな」

ローラは顎を上げた。「用心することを学んだからよ」

ヴァシリの顔に怒りというよりも悲しみに近いものが浮かんだ。

「ギリシアは今、真夜中だ。あとでユードラとビデオ通話をするといい。それまで、シドニーから離れる計画について話し合おう」彼が片手を上げて反論を制した。「君がユードラと話すまで、僕は何もしない。ただ、君が決心したらすぐに動けるように準備をする必要がある」

ヴァシリには主導権を握ることに慣れている男性らしい威厳があった。クイーンズランドでは気楽で魅惑的な情事の相手だったが、今の彼は日常的に権力を行使している有能な人物だ。会社のCEOは伯父かもしれないけれど、ヴァシリは決して閑職についているわけではなさそうだ。

彼が冒険に明け暮れているという私の考えは間違っていたのだろうか?

真実がどうであれ、ヴァシリは人脈が広く、権力を持っている。敵に回したら手ごわい相手だ。

ローラは双子を守るようにてのひらをおなかに当てたくなった。自分がおなかの赤ん坊たちを大事に思っているのは確かだ。ずっと一人で生きてきて、いつか本当の家族を持つことが夢だった。必要なら、そのために戦うこともいとわない。

　ヴァシリが飛行機の予約について話しはじめたところでローラはさえぎった。彼の驚いた表情を見れば、話をさえぎられることなどまずないのだとわかった。とくに女性からは。女性は誰でも彼の一言一句に心を奪われるのだろう。

「移動について話す前に、知っておきたいことがあるの」ローラは背筋を伸ばして、両手を膝に置いた。

「続けてくれ」

「あなたの意図は何？　私ではなく、子供たちに対する意図を教えて」

「僕の意図？」ヴァシリの額に困惑のしわが寄った。「僕は子供たちの父親だ。二人のために最善を尽くしたい。子供たちには幸せに育ってほしいと願っている。それを疑うのか？」

　望みどおりの彼の言葉に緊張がいくらかやわらいだが、それでもローラは両手を強く握りしめた。

「私がききたいのは……あなたがどんなふうに子供たちと関わるつもりなのかということなの」ヴァシリの考えを知らずにギリシアへ行くことはできない。

　ヴァシリが眉をひそめた。「もちろん父親として関わるつもりだ。君はどう考えていたんだ？　養育費を負担し、あとは子供たちに会うこともしないとでも？」

　ヴァシリのこめかみがぴくぴくしているのを見たローラは、彼が激怒しているのに気づき、その反応を喜んだ。彼は心から赤ん坊のことを気にかけているのだ。そう思うと胸が温かくなったが、同時に不安がつのった。

「では、私の役割はどう考えているの？」

　ヴァシリがかぶりを振った。「子供のころから英語を話してきたが、君との間には言葉の壁があるようだ。君は子供たちの母親になるんだろう？　他に何がある？」

ローラは握りしめた手から力を抜いたが、明確にしておきたいことが一つあった。「私はいつも子供たちのそばにいる母親でいたいの」

「もちろん」

不安が消え、背筋の緊張がゆるんだ。

ヴァシリが到着して以来、ローラは漠然とした恐怖に苦しめられていた。彼に子供を——子供たちを奪われるのではないかと恐れていたのだ。

当初は婚約者のいる身だから自分と関わりたがらないと確信していた。だが、ヴァシリは事あるごとにローラを驚かせた。自分が子供たちの父親だとあっさり認めたことでも、父親役を果たすと断言したことでも、ローラの意思を尊重して今日の超音波検査まで距離を置いていたことでも。

彼の関心の高さを知ると、今度は親権をめぐる争いを起こすのではないかと心配になりはじめた。

「ローラ、君のその美しい頭の中はどうなっているんだ？」

ローラははっとして顔を上げたが、ヴァシリの輝く瞳にまたもや心を奪われそうになり、腕を組んだ。

「最初はあなたが父子関係を否定すると思っていたの。だけど、そうしなかった。それで……あなたが単独親権を取ろうとするんじゃないかと不安になってきたのよ」

ヴァシリの表情を見て、疑念は跡形もなく消え去った。彼は目を見開き、あんぐりと口を開けた。

ようやく発せられた声はざらついていた。「僕を侮辱するつもりじゃないだろうな」気持ちを落ち着けるためか、ヴァシリが深呼吸をした。「ローラ、君がどんな人たちと関わっているのか知らないが、どこからそんな考えが出てきたんだ？　子供を母親から引き離すようなまねは絶対にしない」

ヴァシリはさっきも怒っていたが、今の激昂《げっこう》ぶりはそれとは比べものにならない。彼の目に宿る怒りの炎にローラはたじろいだ。

「僕たちの子供たちは父親と母親を知る権利があるし、僕たちにも子供たちを知る権利がある。そう思わないか?」

喉が詰まり、ローラは黙ってうなずいた。

謝罪の言葉が出かかったが、すぐに引っこめた。ヴァシリが言ったように、これは家族に対する考え方がゆがんだ人たちと交わった結果なのかもしれない。だが、そのことには触れたくなかった。家族の話題は決して口にしないと決めていた。

「知りたかったのよ、ヴァシリ」

しばらくして彼がうなずいた。「自分の家族を持つことは僕の計画にはなかった。だが、君の妊娠ですべてが変わったよ。僕はずっと子供たちのそばにいるつもりだ。地球の反対側に住んでたまにしか会わない父親ではなくね」

「それはむずかしいんじゃないかしら。あなたはギリシアに住んでいて、私はオーストラリアで暮らしているのよ」

ヴァシリが肩をすくめ、両手を大きく広げた。

「それは話し合いしだいだよ」

ローラは今日ここまで話を詰めるつもりはなかった。だが、話しはじめた以上、止めることはできないようだ。「簡単な解決策があるとは思えないわ」

子供たちを定期的に海を越えて移動させるという考えには賛成できない。でも、ヴァシリの面会権を認めないわけにもいかない。

「そうかな?」ヴァシリの眉が上がった。「結婚しよう、ローラ。それが唯一の解決策だ」

7

「結婚!」ローラが顔を真っ赤にし、目を丸くして叫んだ。「結婚なんてできないわ。無理よ」

ヴァシリはローラの目の中に狼狽《ろうばい》を読み取った。それが本物であることに疑問の余地はなかった。浅い呼吸に胸が上下しているのも、うろたえている証拠だろう。

ローラが金目当ての女性でないのはわかっている。僕が婚約者を裏切ったと思いこみ、即座に僕を切り捨てたのは彼女の誠実さの表れだ。しかし今、彼女は僕の婚約の真実を知った。

なのに彼女はおまえを求めていない。どんな女性も引きつけるはずのおまえの魅力もその程度か。

だが、これは僕の自尊心の問題ではない。子供たちのために正しいことをしなければ。

それでもヴァシリはプライドが傷ついた。ローラに前言を取り消させたかった。二人の間に距離を置こうとしているにもかかわらず、自分がローラに惹《ひ》かれているのと同じように、彼女も自分に惹かれていると感じていたからだ。

「無理じゃない。同じような事情で結婚する人は多いはずだ」ヴァシリは脚を伸ばして足首のところで交差させ、悠然とした態度を装った。ローラに自分の感情を読み取らせたくなかった。彼女の拒絶に対する反応だけでなく、自分の胸の奥のとまどいも。

ローラに結婚を提案したことが我ながらまだ信じられなかった。

以前、母親が結婚の話を持ち出すたびに、ヴァシリは嫌悪感を抱いた。テオを亡くして以来、本能的に家族を持つことは考えまいとしてきた。だが今、結婚が具体的になっても、パニックを感じなかった。その理由は、あとでゆっくり考えよう。

「二人が愛し合い、信じ合っていればね」

ローラの口調にヴァシリははっとした。彼女は僕が愛や信頼を育むことができない男だと思っているのだろうか？　明るく陽気に思えた彼女が実はこんなにもうたぐり深いとは、誰に想像できただろう？

彼女が僕を愛や信頼とは無縁の男だと思うのももっともだ。テオにそっくりな声が聞こえた。おまえ自身、今の今までそう思っていたんだろう？

だがこの瞬間、ヴァシリは自分の望みが何かわかっていた。

「今のところ、僕たちがそういう関係でないのはわかっている」彼は言った。「すぐに結婚しようとは言わない。だが、選択肢の一つなのは確かだ」

ローラが首を横に振った。「うまくいくとは思えないわ。よりによって結婚だなんて！」

ヴァシリは眉根を寄せ、彼女の口調から心理を分析しようとした。あれは憤慨ではなく……嫌悪感だろうか？「結婚に偏見があるのか？」

ローラが肩をすくめ、景色に魅せられたように港のほうを見た。指がワンピースの生地をもてあそんでいる。「いいえ」そこでこわばった笑みを浮かべたものの、目は笑っていなかった。「ただ、結婚は一生の誓いよ。衝動的にするものじゃないわ」

ヴァシリの中で名づけようのない感情が頭をもたげた。彼は突然、この複雑な女性を抱き寄せ、思いつめた表情にさせた何かを取り除きたいと思った。過去の出来事にローラが深く傷ついていることは、心理学者でなくてもわかる。自分が急遽《きゅうきょ》ギリシアに帰国し、彼女の信頼を損なった以上の出来事があったに違いない。

ローラの拒絶に対するいらだちがおさまり、好奇心が取って代わった。

たとえ若くてもローラには結婚の経験があるのかもしれないと気づき、みぞおちが締めつけられた。

「私の両親の関係より、私たち二人について話さなくては。赤の他人も同然の私たちが結婚するなんて、どうかしているわ」

「だが、まったくの赤の他人というわけじゃない」ヴァシリは背筋を伸ばした。「僕たちは二つの新しい命を授かるくらいにはお互いをよく知っている」

ローラが息をのみ、てのひらを腹部に当てた。その瞬間、このすべてがどれほど貴重なものであるかをヴァシリは痛感した。ローラ。双子。もろいけれどもどの関係よりも強い二人のつながり。

感覚がとぎすまされ、ローラのワンピースの赤錆《あかさび》色や唇の薔薇《ばら》色が鮮やかさを増した気がした。胸の鼓動が耳の中で大きく響く。ローラ独特の夏を思わせるさわやかな香りを吸いこむと、いつものように興奮をかきたてられた。

「同感だ」

彼女が顎を上げ、ヴァシリの視線をとらえた瞬間、波動に似たものが二人の間に走った。これはなんだ？　その鋭い感覚に名前はなかった。まるで二人が理解できない何かで結ばれているかのようだった。

「そうなの？」

「ああ。父が亡くなるまで、僕の両親は愛し合い、幸せな結婚生活を送っていた」ヴァシリは言葉を切り、父が交通事故にあった日を思い返した。テオを亡くしてからわずか数年後のことで、彼と母は打ちひしがれた。「とても幸福な家族だった。僕たちの子供たちにも同じくらい愛と安心感に満ちた家庭で育ってほしい」

ローラがまばたきをした。「結婚はそれを保証してくれるわけではないわ」

その厳しい口調にヴァシリは驚いた。「自分の経験から言っているのかい？」

「思いがけない妊娠だけでは結婚する理由にならないわ」

ローラにもプライドがある。ヴァシリはゆっくりとうなずいた。彼女が即座に同意するとは思っていなかった。ただ、もし同意してもらえれば、険しい山頂に苦労して到達できたときや急流を乗りきったときよりも大きな勝利の喜びを感じるに違いない。

彼女はおまえの赤ん坊たちを二人も身ごもっている。おまえとテオのような双子を。だから何もかもが貴重に感じられるのだ。

ヴァシリはいつも心の奥底にある喪失感に興奮が混じっているのに気づいて驚いた。

「君の意見を尊重するよ」彼は安心させるように言った。「これは急がず、慎重に検討すべき問題だ」

いったん結婚を持ちかけてみると、刻一刻と魅力的な考えに思えてきた。これこそ完璧な解決策だ。

ローラはまだ反抗的な表情で唇を嚙《か》みしめ、眉間にしわを寄せている。だが、ヴァシリはローラの疑念にいらだつより、彼女を安心させたかった。

「ひとまず結婚のことは棚上げしよう。将来について話し合う時間はいくらでもある。今はマスコミから君を守りたい。ギリシアなら、完全にプライバシーを保てる場所がある……」

結局、シドニーから離れるようローラを説得するのにそれほど時間はかからなかった。

その夜、ローラはビデオ通話でユードラと話をした。ユードラはヴァシリが説明した偽装婚約は事実だと打ち明け、ローラに今は内緒にしておいてほしいと頼んだ。マスコミに追いまわされているローラの状況には同情的で、ヴァシリの用意する場所を利用しないなら、自分のアテネのアパートメントを使ってくれてかまわないと申し出た。

「私のことを何も知らないのに」

ユードラがほほえんだ。「従兄《いとこ》のことはよく知っているし、信頼しているわ。彼があなたのことを気にかけているのは間違いない。でも、もしあなたが身を隠している間、彼と一緒にいたくないのなら、私の申し出は有効よ」

知り合ったばかりの女性からの寛大な申し出と、ヴァシリが気にかけているという言葉のどちらがよりうれしかったのか、ローラはわからなかった。

ヴァシリが感じていたのは欲望だけだと、そして今感じているのは妊娠させた相手への義務だけだと、ローラは自分に言い聞かせていた。しかし、彼が責任を取ろうとしていると同時に気にかけてくれているという考えは、怖くなるほど魅惑的だった。

一方、ジェイクは気の毒にも自分のアパートメントに近づくたびにマスコミに追いかけられていた。他の友人たちも同様だった。予定されていたローラのモデルの仕事もさまざまな理由でキャンセルされたり延期されたりしていて、おかげでオーストラリアにとどまる理由はなくなった。エージェントはヴァシリとの関係に対する世間の関心を逆手に取るよう勧めた。〝セクシーな妊婦〟姿の写真を撮らせてモデルとしての可能性を広げるべきだと。

つわりに苦しんでいる今、自分がセクシーとは思えなかった。それ以上に、ヴァシリとの関係をキャリアアップに利用するという考えがいやだった。

モデルをしていればまともな収入を得て、自分のビジネスのための貯金もできたが、長期的なキャリアとは考えていなかった。幸運にも仕事の依頼は多かった。ただ、美しさよりも魅力的なバストとヒップが売り物のローラは、キャットウォークを闊歩《かっぽ》する一流のモデルたちにはかなわなかった。どちらかというと自社製品があらゆる体型の女性に愛用されていることをアピールしたいアパレル企業の広告で、隣の女の子的なルックスを生かす仕事が多かった。

ローラは今、モデルとしてのキャリアが自然に終わろうとしているのを感じていた。収入がなくなるのは残念だが、仕事自体に未練はなかった。

「ここからはそう長くはかからないから、休むといい」

ローラはヘリコプターの後部座席の隣に座るヴァシリに目を向けた。二十四時間もの間、旅をしていたにしては、彼は溌剌《はつらつ》としていた。ギリシアに帰ってきたからだろうか。

フライトのほとんどを快適なベッドで眠り、親切な乗務員に世話を焼かれて、おいしい料理と高級雑誌を堪能したにもかかわらず、ローラは疲れはてていた。アテネ国際空港からヴァシリの隠れ家までの、本来ならわくわくするヘリコプターでの移動さえも、疲労が増しただけだった。

「私はずっと休んでいたのよ、覚えている?」不機嫌な声を出さないように努めたが、無駄だった。この一週間は試練続きで消耗し、ぐったりしているのに気は張りつめていた。

ローラにはヴァシリを責める余裕さえなかった。確かに、妊娠したのは彼のせいだ。でも、自分がそう思いたいだけでは? そうしないと、ベッドで体を重ねる二人の姿がよみがえり、ホルモンの活動を抑えきれなくなるから。

ローラは腿をきつく合わせ、脚の間が熱を帯びてくるのを無視しようと努めた。ヘリコプターが本土を離れて紺碧《こんぺき》の海の上空に差しかかると、すばらしい景色に目を向けた。

この一週間、ヴァシリが結婚をせかすことはなかった。歯ぎしりしたくなるほど彼は理性的だった。公平に言えば、その態度が彼女の緊張をほぐしたのだった。

ローラは人生が自分ではどうにもならない状態に陥っている感覚がいやだった。ヴァシリの助言に従うほうが賢明だという考えも気に入らなかった。

母を亡くして以来、自分で道を切り開いてきたから、たとえ親切な支援という形を取っていたとしても、自分以外の誰かに主導権をゆずり渡すのはつらかった。とりわけ将来が不確かな状況ではなおさらだ。

〝結婚しよう、ローラ。それが唯一の解決策だ〟

ヴァシリにそう言われて以来、その言葉を思い出すたびに驚きと拒絶、そしてほんのわずかな興奮を感じた。

自分の感情をコントロールできないときに、どうしたら決断を下せるというのだろう？　ただの欲望だと自分に言い聞かせても、何も変わらなかった。ペントハウスで将来のことやギリシアに行くことについて話したあの日以来、身も心も彼にゆだねたいという欲求が強くなるのを止められなかった。

そのとき、ヴァシリが再び口を開いた。ベルベットを思わせるその声はローラのこわばった体をほぐした。「長距離の移動は、たとえフライト中に眠れたとしても、負担が大きいと言われている」

「あなたの言うとおりね」再度訪れたクリニックでも、妊娠のせいで疲れやすくなると警告されていた。

「でも、明日には気分がよくなると思うわ」ローラは無難な話題を探した。「ここにはビーチがあるの？　それとも海岸は岩ばかり？」

「岩？」

ローラは肩をすくめた。「ギリシアには行ったことがないけど、ヨーロッパ旅行をした友達がビーチが岩だらけだったと話していたのを思い出したの」

ヴァシリが笑った。その声はチョコレートのように濃厚で、ローラはうっとりしそうになった。

「心配しないでくれ。ここには楽しめるビーチもあるから」ヴァシリが身を乗り出して指さした。「ほら、あそこだ」

ローラは一瞬、鼻をくすぐるほのかなシナモンの香りと彼のぬくもり、そして急に激しくなった自分の鼓動を強く意識した。それからしぶしぶ彼の彫刻のような横顔から目をそらし、長い島影を見た。そのとたん息をのんだ。そこは遠浅のターコイズブルーの海に囲まれた小さな楽園のようだった。

「すてき」澄んだ海で泳ぎ、人けのない砂浜を散歩する自分の姿が想像できる。ふとローラは顔をしかめた。「町はどこ?」眼下にはヘリポートと建物がいくつか見える。

「町がないのがこの島の魅力なんだ。数年前までは数本のオリーブの木しかない草地だった」ヴァシリは手を下ろしたが、体を寄せたまま、ヘリコプターが降下するにつれて鮮明になる景色を眺めた。「ここはプライベートアイランドだ。僕たちしかいない」

ヴァシリがこちらを向いた。ローラは黒い瞳の奥で炎が揺らめくのを見た気がして、息ができなくなった。

心臓が高鳴り、急に胸が苦しくなるのを感じた。前にヴァシリとこんなに接近したのは……。

だめ! 過去に戻るのは間違いよ。そもそも、こんな状況に陥ったこと自体が間違いだわ。

だが、ローラは目をそらすことができなかった。ヴァシリの胸に手を当てて自分から遠ざけることもできなかった。というのも、素肌をやさしくなぞる彼の手の感触をふいに思い出したからだ。ギリシア語と英語を織りまぜて甘い言葉をささやく彼の低い声も。

「私たちだけですって?」かすれた声を出すと、ヴァシリの視線が唇にそそがれた。それを予期していたかのように彼女は唇を開いた。

次の瞬間、ヴァシリがズボンのポケットに手を突っこんで目をそらした。

「家政婦と彼女の夫がヴィラを管理しているが、僕たちが望まない限り、そこには来ない。僕たちは完全にプライバシーを守れるんだ」

ヴァシリは自分を愚かな男だと思ったことがなかった。学校では優秀な成績をおさめ、大人になってからは家族からの要求と冒険への欲求、そして数十億ドル規模の会社の経営を両立させていた。

しかし、ローラをここへ連れてきたのは間違いだったと気づくのは遅すぎた。確かに彼女を守るには完璧な場所だ。何年もこの島を訪れていないから、マスコミに気づかれるはずもない。最後に来たのは十八歳のときだ。

問題は、二人きりでいるせいでローラへの渇望がますます高まるのを、他の何かでまぎらせないことだ。ヘリコプターに乗りこんだとたん、ヴァシリは彼女のはしばみ色の瞳のとりこになり、それからずっと欲望を抑えられないでいた。

オーストラリアでは、双子が生まれるというニュースに加え、気をまぎらすものがいろいろあった。診察の予約、旅行の手配、マスコミ対策……。

ヴァシリはヴィラのテラスに立ち、ジーンズのポケットに手を突っこんだ。月光が海面を輝かせているが、彼の脳裏には、ローラと結婚するつもりだと告げたときのジェイクの驚いた顔が浮かんでいた。

驚きがおさまると、ジェイクの友人はヴァシリの幸運を祈った。

〝君には幸運が必要だから。僕の知る限り、ローラは最も強い心の持ち主だ。彼女が経験したことを考えれば、そうでないと生き延びられなかったのだろう。君が彼女のそばにいて、彼女を幸せにするつもりなら、幸運を祈るよ〟

ジェイクはローラが経験したことを詳しくは語らなかった。彼女がジェイクのところにいると知ったときと同じく、ヴァシリはまたしても嫉妬に駆られた。ジェイクとローラの親密さはセックスとは関係ない。二人は互いの過去を知っていて、信頼で結ばれている。

ヴァシリは顔をしかめた。ローラは僕も信頼している。だから僕とここへ来ることに同意したのだ。だが、自ら望んだのではなく、マスコミの取材攻勢から逃れる必要があったせいだろう？

以前のヴァシリは女性たちと良好な関係を築いていた。彼女たちはヴァシリを信頼し、好意を持っていたが、相手に秘密を打ち明けられたり頼られたりするのを、彼は望んだことも期待したこともなかった。しかし、ローラにはまさにそれを望んでいた。

突然、背後のガラス戸から光がこぼれ、テラスとその向こうのインフィニティプールを照らした。

ヴァシリはくるりと振り返った。胃がざわめいている。ローラだ。ローラ以外にありえない。

居間で明かりのスイッチに手をかけて立っている彼女の姿が目に入ると、心臓が激しく打ちだした。

ローラの表情からは熱望が読み取れて、ヴァシリは心を揺さぶられた。この初夏の夜の涼しさにもかかわらず、彼女は淡いミント色のキャミソールとフレアパンツの上にローブをはおっていない。浅い呼吸をするたびに胸が上下している。

髪を乱したローラはゴージャスで、たまらなくそそられた。

ヴァシリは自分に言い聞かせた。あれが熱望であるはずはない。彼女は僕と一緒にいたくないと言わんばかりに早めにベッドに入ったではないか。

てのひらがうずき、彼は拳を握った。頭の一番原始的な部分は、居間に戻ってローラを引き寄せ、最も根源的な方法で彼女を求めろと叫んでいる。

ヴァシリにできるのは、薄手のランジェリーをはぎ取ってローラと一つに結ばれようとする自分を止めるために、この場にとどまることだけだった。

ローラに再びベッドをともにする気がないのは明らかだった。だが、ヴァシリの欲求はあのときと何も変わらず、むしろローラへの執着は深まって彼をのみこみそうになっていた。

ヴァシリの深い呼吸が静かな夜気に響いた。それは最も卑しい本能に屈しないための最後の努力だった。

ローラは尊敬に値する女性だ。それ以上に、自分の望みを達成したいなら、彼女の信頼を勝ち取らなければならない。望みとは、ローラと子供たちが永久に僕の人生にいることだ。家族として。

自分を抑えこめたと思ったとき、ローラが信じがたいことをした。水を飲みに下りてきただけだと言ってキッチンへ小走りに向かう代わりに、ヴァシリのほうへと歩きだしたのだ。

8

ローラにはわからなかった。なぜ私はこの場に立ちつくし、言葉を失っているのだろう？　驚きからではない。寝室の窓からずっと見ていたのだから。

だが、こうしてヴァシリと向かい合うと、足が動かなかった。さっさと二階に戻って寝室のドアに鍵をかけるよう、分別が命じるのを待つばかりだ。

ふと口元がほころんだ。私が恐れているのはヴァシリではないのに、なぜ寝室のドアに鍵をかけるの？

そこでようやく明かりのスイッチから手を離し、張りつめた肩から力を抜いて一歩前に出た。「眠れなかったの」そのとおりだった。

疲れているにもかかわらず目がさえ、ヴァシリの巧みな手の動きや驚くほど柔らかな唇、自分の肌に触れるざらついた髭《ひげ》の感触を思い出していた。

ヴァシリはまったくの無表情で立っているだけだ。ローラは彼のほうに近づき、ドア口で立ちどまった。同じ屋根の下にいながらヴァシリと距離を置く強さは自分にはないと、ローラは気づいていた。だが、ホルモンの分泌が盛んになっているのはストレスのせいで、疲労が理性を鈍らせているのだと自分に言い聞かせた。だが本当は、ヴァシリへの渇望を止められないのだ。

だから彼はシドニーでホテルに泊まったのだろうか？　私をペントハウスに残して、ホテルに二泊したのはそのため？　でも、もし彼がもう私に興味がなくなったのだとしたら？

それなら、彼はただの義務感から結婚しようと言っていることになる。

胸に重石《おもし》をのせられた気がした。だったら断るのも簡単だ。便宜結婚で彼のお荷物になる気はない。

「ローラ？」

ヴァシリが近づいてくるのを見て、ローラは体を硬くした。自分を苦しめる渇望を満たそうという決意が揺らぎそうになる。

「何か必要なものが——」

「私は——」

二人は同時に口を開いた。少し間を置いて、ヴァシリが続けた。「飲み物を持ってこようか？　眠れるように温かいミルクはどうだい？」

ローラは声を出して笑いそうになった。今の問いかけは、プライベートアイランドを所有する億万長者のようには聞こえなかった。まるで幼い子を世話する父親みたいだ。熱い欲求が私の血管を駆けめぐっていることに彼はまったく気づいていない。

でもこれで、彼が幼い子供たちにじゃまされても怒らない、思いやりのある父親になることがわかった。あまりにも魅力的なイメージだ。

「あまり効きめがなさそう」ぴったりしたホワイトジーンズをはいているヴァシリを見て、ローラは自分をあおぎたくなった。袖をまくった黒いシャツもすてき……いつから腕がエロチックになったの？

「じゃあ、軽く運動するのは？　疲れて眠れるかもしれない」ヴァシリが近くまで来て足を止めると、彼の黒い瞳に映る自分の姿が見えた。ローラは彼を食い入るように見つめた、今したい運動だけは一つだけだ。「泳ぎたいならプールの明かりをつけるよ。夜の海は勧められない」

「でも、きっと爽快でしょうね」

「やめたほうがいい」ヴァシリがゆっくりと言い、ローラの顔に視線を這《は》わせて唇で止めた。「溺れてしまったら――」

「そんなことは心配していないわ」ローラはさえぎった。なぜなら、すでに溺れてしまっているのだから。でも、後戻りすることはできない。私を突き動かしているのはあらがいがたい力だ。しばしすべてを脇に置き、快楽の渦の中で我を忘れたい。

ヴァシリが動いた。彼の額にしわが刻まれているのを見て、ローラは顔をしかめた。彼をじっくりと観察するのは、数カ月前にベッドをともにして以来だ。弓形の濃い眉、高い頬骨、ほほえむとできるえくぼ、顎に生えた濃い無精髭――そのすべてが彼女を魅了し、彼に触れたくて手がうずうずした。

「ローラ」ヴァシリの声がローラの体の奥深くを震わせた。「君は何が欲しいんだ？」

「あなたよ」沈黙が広がり、彼の眉が上がった。

「あなたが欲しいの、ヴァシリ」

ヴァシリの顔をさまざまな感情がよぎるのが見て取れた。しかし、彼が再び口を開いたとき、ローラはきかれる前に答えた。

「夫としてという意味じゃないわ。結婚の話をしにここへ来たわけじゃないの」唾をのみこもうとしたが、その単純な動作が急に自分の能力をはるかに超えた複雑な技になったかのように喉が締めつけられた。「私はただあなたが欲しいだけなのよ」

ローラは顎を上げ、ヴァシリに触れないように両手を組み合わせた。彼にも私を求めてもらいたい。

「配偶者としてではなく？」

「今夜は結婚の話はしないでくれる？」自分がフェアではないかもしれないという思いは脇に置くことにした。そもそも、この状況のどこがフェアなのだろう？　十二歳のときから用心を忘れなかったのは、平凡な世界だと思っていても、突然自分を丸ごとのみこんでしまう恐ろしい落とし穴がぽっかり口を開けるのを知っていたからだ。

ローラが犯したたった一つの過ちは、ヴァシリと輝かしい五日間を過ごしたことだった。あのときは初めて太陽の当たる場所を歩いている気分だった。

しかし今は、これまで計画していたことがすべて引っくり返り、あてどなくさまよっている気がする。

ヴァシリの瞳からはなんの感情も読み取れない。ローラは自分の間違いに気づいた。「ごめんなさい」

彼が興味を持っているのは子供たちであって、あなたじゃないのよ。

自分には価値がないという昔から染みついている思いに改めてとらわれた。今まで忘れていたなんて。

「私のわがままだったわ」ローラは急いで言った。「私をここへ連れてきてくれただけで十分なのに」

同情から抱いてもらうなんてまっぴらだ。踵《きびす》を返して戻ろうとすると、ヴァシリに手首をつかまれた。

「だめだ！　行かないでくれ」走って島を一周してきたようなあえぎ声で彼が言った。

「いいのよ、ヴァシリ。もう遅いし、私がいけないの。時差ぼけのせいね」ローラは自分の手首をつかんでいるヴァシリの手を見つめた。「明日の朝には忘れているわ」

嘘《うそ》つき。

「そうは思えない」ヴァシリの親指が手首の内側の敏感な肌を撫《な》でると、恐ろしいことにローラの腕に鳥肌が立った。「僕も君が欲しい、ローラ」

ヴァシリの声は低くなめらかで、彼女の名前はメロディのように聞こえた。

私を説得して結婚させ、子供たちとの面会を認めさせるためなら、彼は必要なことをなんでもするつもりなのだろうか？

ローラは必死にプライドをかき集めた。「いいえ、いいの。一瞬、どうかしただけよ。妊婦はホルモンの分泌が盛んになるって言うわ。でも、もういいの。パパラッチから守ってくれてありがとう」

それでも、ヴァシリはローラを放さなかった。

「力になれてうれしいよ。だが、セックスと引き替えに君を助けたわけじゃない」

小さな興奮がローラを駆けめぐり、下腹部に火をつけた。「嘘をつかないで。そんな必要はないし、あなたの正直なところが好きだったのよ」

「嘘だと思うのか？　なぜ僕が今夜、快適なベッドに入らずに外にいたと思う？　なぜシドニーで君にペントハウスをゆずって、自分はホテルに泊まったと思うんだ？」

ローラはヴァシリの誇り高い顔を見つめ、二人が一緒にいるときによく見た欲望の片鱗《へんりん》を探したが、どこにもなかった。その代わり、目には怒りに似た何かが宿っていた。

「私と距離を置くためにそうしたというの？」

ローラはにわかには信じられなかった。母に責めたてられて神妙にしている父親の姿が脳裏によみがえり、ローラは身震いして腕を引き抜こうとした。

ヴァシリは腕を放す代わりに、ローラの手を自分のほうに引き寄せた。ローラがその意図に気づく前に、てのひらが彼のジーンズの前に押しつけられた。

ヴァシリが苦い笑いをもらした。「言葉だけではわかってもらえなさそうだったから。だが、これで納得してくれるだろう？」

「ヴァシリ……」確かに体は真実を告げていた。彼は私を求めている。それに応えて、ローラの体はバターのように溶けそうになった。「ごめんなさい。あなたが変わってしまったみたいに見えたから。それとも、私が変わったのかしら。よくわからない――」

「あやまることはない。複雑な状況に置かれてお互いストレスがたまっていたんだ」ヴァシリのもう一方の手がローラの頰をそっと撫でた。体が震え、切望がこみあげてくる。彼の穏やかな表情や温かなまなざし、ほころんだ口元にはやさしさが感じられ、それがローラの心をほぐした。「シドニーで君と同じ屋根の下で寝なかったのは、そのほうが誘惑にあらがいやすかったからだ」

「でも、もうあらがわないということ？」

ヴァシリがうなずき、深呼吸をした。そんなしぐささえも信じがたいほどセクシーで、ローラの不安は消え去った。二人の間には未解決の問題が山積みだけれど、それは後回しにしよう。

「今すぐにあなたと結ばれなければ」彼女はささやいた。「どうかなってしまいそう」

ローラの頰に添えられたヴァシリの手がうなじにすべった。「僕もそうだ。話はもう終わりだね？」

二人は無言で互いの意思を確かめ合った。そのあと、ヴァシリはローラの目を見つめたまま彼女を部屋の奥へと後ずさりさせた。やがてローラは脚の裏にソファが当たるのを感じた。

息がかかるほど二人の顔が近づく。

「服を脱いで」

穏やかな命令に、ローラはぞくぞくした。「あなたが脱いだら私も脱ぐわ」

言いおえる前にヴァシリがシャツを頭から脱ぎ、金色に輝く胴をあらわにした。ローラはその見慣れた体を視線でなぞり、興奮のあまり身震いした。

「ローラ」

ヴァシリの声はかすれていた。ローラが視線を上げると、彼の目にははやる思いが映し出されていた。ますます興奮が高まった。ローラは薄いキャミソールの裾をつかんで頭から脱ぎ、床に落とした。あらわになった胸のふくらみを、ヴァシリが食い入るように見つめた。

この数週間でローラの胸はより敏感になっていた。彼に触られたらどう感じるだろう？　想像しただけで、体に震えが走った。

ヴァシリの前に立つと、彼の熱い視線が愛撫《あいぶ》のように感じられ、興奮がありえないほど高まった。その罪深いほどエロチックなまなざしには崇拝に似た何かが読み取れた。ヴァシリの喉の奥からもれた低い満足げなうなり声にも同じものが感じられた。

ローラがフレアパンツのウエストバンドに親指をかけると、ヴァシリの視線が胸から離れて腰に向かい、先ほどのためらいを嘲笑《あざわら》うかのように期待がふくらんだ。ゆっくりとじらして彼の興奮を高めたい。だが、できなかった。ローラの脚の間はすでに潤い、ヴァシリを求めていた。今すぐ彼が欲しい。

フレアパンツを下ろすと、ヴァシリもジーンズを脱いだ。さっきよりもっとすてきな姿だ。数秒後、彼も裸になった。その体はありえないほど生命力にあふれ、記憶にあるよりも美しかった。

ヴァシリがギリシア語で何かつぶやいた。

ローラが手を伸ばすと、ヴァシリは彼女を抱きあげ、ソファに横たえた。それからローラの脚を広げ、その間に身を落ち着けた。彼の熱い体や肌と肌の触れ合い、切羽詰まったあえぎ声が官能を刺激する。ヴァシリの興奮の証《あかし》が彼女の脚の付け根に押しつけられた。

「ローラ、君が恋しかったよ」

ヴァシリは少し体を離してローラの胸の頂にキスをし、舌で念入りに愛撫した。次にもう一方の胸に移ると、ローラは言葉にはできない感覚にとらわれ、彼が頭を上げるころには快感に圧倒されて叫び声をあげていた。

「すまない、ローラ」ヴァシリが言った。「ゆっくり進めたいが、久しぶりだから無理そうだ」

ローラはゆっくり進めたくなどなかった。だが、ヒップから脚の間へとヴァシリの手がすべり、長い指が敏感な部分をなぞると、言おうとしていた言葉が喉に詰まった。ローラはあえぎながら腰を浮かし、彼の愛撫に応えた。

ローラの準備ができたのを感じたのか、ヴァシリの顔にこわばった笑みが浮かんだ。

ヴァシリはローラを見つめ返しながら、体勢を整えた。セックスと愛は別物だと学んでいたにもかかわらず、ローラはその瞬間、彼との間に深いつながりを感じた。二人が分かち合っているものは肉体を超えた深遠な真実であるかのようだった。

次の瞬間、すべてが変わった。ヴァシリがローラの中に深く身を沈めた。

体を密着させ、目を見開き、二人はそれまでのすべてを超越した行為に圧倒されて見つめ合った。

これは錯覚よ。ローラは自分に言い聞かせたが、ヴァシリの表情にも驚嘆が読み取れた。肉体的な欲求を満たす以上の何かを感じているに違いない。

しかし、それを定義する時間も、引き延ばす時間もなかった。すでに二人は体を動かしていた。呼吸と同じくらい必要不可欠な欲望に突き動かされて。

二人の世界が炎に包まれたとき、切迫した叫び声が部屋に響き渡った。あまりの快感に、ローラは死んでしまうのではないかと思った。二人は一体となり、ともに恍惚《こうこつ》の境地へと押しあげられていった。

そのあと、ヴァシリを抱きしめたい、彼を守りたいという欲求が生まれた。ヴァシリの頭はローラの肩に押しつけられ、彼のたくましい体は彼女の体を包みこんでいる。

喜びの余韻はまだ続いていたが、今経験したものがどれほど貴重だったかについて考える勇気はなかった。

もし考えたら、自分がとんでもない間違いを犯したと気づき、弱さをさらけ出すことになってしまうから。

9

満月ではなかったが、夜空は明るかった。都会から離れたここでは満天の星を眺められる。ヴァシリは鎧戸《よろいど》を閉めず、月光が差しこむ中で、ベッドに横たわる女性を見つめた。

彼女は髪を枕に広げて横向きに寝ていた。眠っているときでもヴァシリを求めているように見える。そこには数時間前に彼の欲求を完全に解き放った女性とは相容《あい》れない何かが感じられた。

ローラ・ベタニーはヴァシリにとって謎だった。理解に一歩近づいたと感じるたびに、ローラは新たな謎で彼を驚かせた。

階下ではヴァシリが今まで経験したことのない強

烈なセックスを堪能した。なぜ違ったのか、ヴァシリは解明することができなかった。ローラとの再会を待ち望んでいたからか？　彼女と出会って以来、他の女性が目に入らなくなったからなのか？

そんなことを考えてもしかたがない。この十年ほど、女性と気持ちのうえで親密になることを避けてきたが、今は自分の心理を分析するときではない。おそらく当惑するだけだろうから。それよりも、ローラの謎を解き明かすことに集中しよう。

ソファでの衝撃的な営みのあと、ヴァシリはローラを二階の寝室に運んだ。今度はもっとゆっくりと、もっと徹底的に喜びを追求するつもりだった。だが、バスルームでシャワーを浴びたあと、彼女は疲れきった子供のようにいきなり眠りに落ちてしまった。妊婦は疲れやすいことを思い出し、良心が痛んだ。

他にも考えなければならないことがある。たとえば、ローラが僕を夫として求めていないこと。彼女が求めているのはセックスだけだ。

ヴァシリは顔をしかめた。今夜のセックスで、ローラがまだ結婚に同意していないことを思い出していたらいいが。

僕が長い間、結婚や子供について考えてこなかったせいで、母は伯父の計画にのったのだろうか。しかし今、ローラの妊娠によってすべてが変わった。彼女と子供たちを守るためなら、僕はどんなことでもする。家族を作るためなら。誓いを避けてきた男にとっては百八十度の方向転換だ。

十年以上もの間、ヴァシリは自分の一部が欠けていると感じていた。テオとの最後の約束を果たすことは、その欠落を埋めるか、少なくとも心の傷をやわらげる精いっぱいの努力だった。双子の弟がまっとうできなかった人生を生きるために、スリルや冒険を追い求めた。

困難な山に登頂するたび、極地や砂漠を徒歩で横断するたび、ヴァシリは最愛の弟が自分のかたわらにいると感じた。

十八歳のときに味わった深い喪失感のせいで、二度と同じ経験はするまいと誓った。誰かを愛すれば、その相手を失うとき、自分も失われるのだ。

それ以来、愛を探し求めることはもちろん、子供を持つために便宜結婚を考えることさえ避けてきた。

しかし運命は、抵抗できないほど魅力的な女性を送りこみ、ヴァシリの人生を一変させた。望むと望まざるとにかかわらず、彼には家族ができた。そしてヴァシリは、根深い恐怖にもかかわらず、双子が欲しかった。欲しくないわけがない。双子のことを考えると、おのずと自分とテオのことを思い出す。だから僕はローラを手に入れたいと思ったのか？

彼女が双子を身ごもっているから？　それもあるが……。

ヴァシリは考え事を打ち切り、目の前の景色を楽しむことにした。複雑な感情より単純な欲望のほうが扱いやすかった。だが、ローラに対してだけは欲望に感情がからんでくる。

ローラが身じろぎし、上掛けがずれた。以前は平らだった腹部がわずかにふくらんでいるのを見て、ヴァシリは息をのんだ。そこに小さな命が宿っているのだ。これ以上の感動と興奮を彼は今まで味わったことがなかった。

「ヴァシリ？」

彼は顔を上げた。ローラがこちらを見ていた。彼女は僕の顔に何を見たのだろう？　弱さか？

弱さと考えるのは耐えがたかった。ヴァシリは長い間、亡きテオのため、そして母親のために強い人間であろうとしてきた。今、ローラは僕の支えを必要としている。赤ん坊たちもだ。僕は三人のために強くあらねばならない。

「気分はどうだい？　疲れは取れた？」

ローラがうなずいた。「ごめんなさい。きっとあなたはもっと――」

ヴァシリは指をローラの唇に当てて黙らせた。

「あやまらないでくれ。君には休息が必要だ」そして彼女の唇にキスをする代わりに、腰のあたりでくしゃくしゃになっている上掛けに手を伸ばし、引っぱりあげた。プールで泳げば、彼女への欲求に打ち勝てるだろう。三十、いや、四十往復しよう。

「ヴァシリ……」

彼は上掛けの中にすべりこませた手を無意識にローラの腹部にそっと当てた。その中で二つの小さな命が育っていると思うと、畏敬の念を覚えた。

「驚異だな」かすれた声が出て、ヴァシリは思わず咳《せき》払いをした。「赤ん坊たちのことだ。いまだに現実とは思えない」

ヴァシリは手を離そうとしたが、ローラが華奢《きゃしゃ》な手をその上に重ねた。彼は二人の手から目をそらすことができなかった。理由はわからない。新しい命を守っているように見えたからだろうか？

「つわりを経験すれば、現実だって思い知らされるわ」

「今も吐き気がする？」ローラをベッドに運んだときはそんなことは思いつきもしなかった。

「いいえ。気分はいいわ」

ヴァシリは手を返してローラの手を包みこんだ。

「君一人が耐えなければならないのは不公平だな」

双子を身ごもるのは楽ではなく、危険もあると思うと、胸がきつく締めつけられた。「最高の医療を受けさせると約束するよ」

ローラがゆっくりとうなずいた。「オーストラリアでもすぐれた医療が受けられるけれど、ここにいる間、あなたが見守ってくれると思うと心強いわ」

「必要なものがあったらなんでも言ってくれ」彼はローラの手を持ちあげてキスをし、彼女が小さく震

える　のを楽しんだ。「君の役に立ちたいんだ」

「ありがとう、でも何もないわ。欲しいのは安らぎと静寂だけ」

ローラは僕に何も求めていないのか？

いっそローラがお金で買えるものに簡単に感激するような女性であってくれたらいいのに。宝石や服や高価な記念の品に。しかし、ヴァシリはローラという女性をよく知っていた。

ヴァシリの望みははっきりしていた。ローラが自分の妻としてギリシアに永住することだ。不思議なことに、その考えはすんなりと受け入れられた。以前は母が結婚をほのめかしても耳をふさいでいたのに。

ローラを飛行機に乗せたときから、ギリシアにとどまるよう説得するつもりだった。彼女はギリシアにいるべきだ。何世代にもわたって一族が大切にしてきたこの島か、本土に。

ヴァシリはローラをそばに置き、テオと分かち合った豊かな生活を子供たちに送らせたかった。

新しい家族の面倒を見るのは僕の務めだ。家族を持てば、決して消えない喪失の痛みをやわらげることができるかもしれない。

このところ、仕事に没頭したり新しい冒険に身を投じたりするのは、もはや自分の興味を追求するためでも、テオとの約束を守るためでもないような気がしていた。もしかしたら、それは心の闇から目をそらすための手段だったのかもしれない。

ヴァシリはローラの手を強く握りしめた。「ここには安らぎも静寂もある。君にはぴったりの場所だ」

彼女をギリシアに引きとめる方法を見つけなければ。彼女が僕を切望するように仕向けたらどうだ？

いや、この短い会話で、ローラが僕の富や地位にはまったく心を動かされないとわかった。むしろ、その二つは彼女にとって不信の種のようだ。彼女は短い間しかここにいないと何度も念押ししている。戦術の変更が必要だ。

ヴァシリは双子のためならなんでもするつもりだった。結婚しようと思っている女性を誘惑し、一緒になればどんなに豊かな暮らしができるかわからせるのは、僕の責任だ。

「何をにやにやしているの？」

「えっ？」ヴァシリはローラと目を合わせてにっこりすると、彼女の手を唇に持っていき、てのひらに舌を這《は》わせた。「安らぎと静寂を君と分かち合える喜びについて考えていたんだ」

「私と分かち合える喜び――」

「さあ、もう遅い」ヴァシリは反論の隙を与えずに言った。「その話はまた今度だ。いいね？」

できることならローラの甘美な体に溺れたかった。あの夜のように二人で歓喜に酔いしれたかった。だが、欲望だけに突き動かされる日々は終わった。ヴァシリはローラをじらし、喜ばせて、自分だけを求めるようにさせるつもりだった。二人が一緒になるのは必然だと彼女が気づくまで。

すぐに始めよう。時間がもったいない。

ヴァシリはローラの親指の付け根に軽く歯を立て、キスをすると、彼女の手を放し、上掛けをはいで彼女の膝の間に身を落ち着けた。

ローラが喉の奥から抗議の声をもらした。

ヴァシリは顔を上げてローラの目を見た。月明かりを浴びたその目は輝いていて、興奮が体を駆けめぐった。ローラを喜ばせることは、彼女に満たされるのと同じくらい大きな喜びだった。

ローラの中に身を沈め、ぬくもりに包まれると、すぐにのぼりつめそうになった。彼女の体が震えだし、かすれた声がヴァシリの名を呼んだ。

ヴァシリはほほえみながら、完璧なピンクの胸の先に唇を近づけた。

「ヴァシリ！」

ローラは顔を洗い、口をすすいだ。冷たい水と、バスルームの開け放たれた窓から吹きこんでくる潮風がありがたい。

医師によると、つわりはもうすぐおさまるだろうということだった。ローラにはそうは思えなかったが、今朝はそれほどひどくなかった。

それとも、気のせいだろうか？

目覚めたときは、かつてないほど気分がよかった。ローラの体は再び味わった喜びで満たされていた。昨夜、ヴァシリはすばらしい気分にさせてくれた……。しかし、寝返りを打って大きなベッドの反対側が空っぽなのに気づいたとたん、顔から笑みが消えた。

ヴァシリがさっさとベッドから出たことに傷ついたが、時間を確認し、すっかり寝過ごしたとわかると、失望が薄れた。ベッド脇には氷水の入った水差しと薄いクラッカーの皿があった。

彼は私をベッドに置いてきぼりにしたのではなく、私が休息を必要としていることを理解して、配慮してくれたのだ。そして、私の胃を落ち着かせるのに役立ちそうなものを用意してくれた。

それに、昨夜の彼は自分の喜びよりも私の喜びを優先してくれているように見えた。

ローラは寝室に戻るとグラスに水をつぎ、クラッカーを二枚取ってバルコニーに向かった。

手すりに寄りかかりながら水を飲み、クラッカーをかじった。ごまを散らしたクラッカーが味覚を目覚めさせた。もう少ししたら食欲が出てくるかもしれない。

海岸に目を向けると、海から誰かが上がってきた。ヴァシリだ。肩幅が広く、手足が長い。たくましい体にもかかわらず、ゆったりと歩いている。

ローラは胃が締めつけられたが、今回は吐き気のせいではなかった。欲望のせいだ。

昨夜、すっかり満足したはずなのに……。脚の間のうずきをやわらげるために身じろぎしながら、ヴァシリへの欲望が尽きないことに驚いた。

ローラは顔をしかめ、もう一枚クラッカーを口に入れた。つわりの気配が完全に消えている代わりに、彼女の体はビーチタオルを腰に巻いてこちらへ歩いてくる男性に反応していた。

ギリシアに来たのは間違いだったのだろうか？

いいえ、問題なのはギリシアに来たことではなく、彼に対するあなたの反応よ。

昨夜、ローラは一瞬、ヴァシリに気を許しすぎたのではないかと不安になった。その不安は的中したのかもしれない。こんなに離れたところから彼を見ただけで、体に火がついたのだから。

ローラはこれまでずっと男性を警戒し、容易には信用しなかった。クイーンズランドのリゾートでヴァシリと過ごした五日間は、彼女にとって例外だった。

でも、これは純粋に性的な渇望だ。それ以上のものであるはずがない。ロマンチックな愛なんてつかの間のもの。私はそんなものに惹《ひ》かれない。それどころか、不信感しか抱いていない。

だが、ヴァシリが顔を上げてローラに気づき、手を振ったとき、ローラは欲望以上のものがこみあげてくるのを感じた。胸がときめき、彼にほほえみかけられると、口元がほころんだ。それは完全に無意識の、呼吸をするのと同じくらい自然な反応だった。

でも、気をつけて。彼は父のように二股をかける嘘《うそ》つきではないかもしれないけれど、恋してはだめ。父親になりたがっているからといって、彼があなたを大切に思っているとは限らない。やさしくしてくれるのは、あなたが子供たちの母親だからよ。

ローラははっとし、目をそむけた。

ヴァシリは階段を駆けあがったのだろう。ドア口に現れたとき、ローラは彼のクローゼットからTシャツを拝借して着たばかりだった。

「どこへ行くんだ？」裾が腿までしか届かないTシャツの下は裸なのを意識しながら、ローラがドア口から一歩下がったとき、ヴァシリが尋ねた。彼の視線は前より豊かになった胸にそそがれている。

ローラは腿をきつく合わせ、体がとろけそうな感覚に打ち勝とうとした。

「シャワーを浴びて服を着たいの」声がかすれた。

たくましい胸をあらわにしたヴァシリの姿は、あまりにも刺激的だった。ローラの肌はほてり、呼吸は速くなった。彼の胸を撫《な》で、六つに割れた腹筋をゆっくりとなぞって、下腹部へ……。想像すると、指がうずうずした。

「僕の寝室のバスルームでシャワーを浴びたらどうだ？　あるいはバスタブで湯につかってもいい」

ローラは我に返り、まばたきをした。この部屋のバスタブは、オリーブの古木とその向こうに広がる海を望む大きな窓に面している。リラックスするには最高の場所だ。彼と一緒にお湯につかったら……。そこで身を硬くした。気を引きしめなければ。彼はいとも簡単に私を誘惑できる。体だけでなく心も。

「朝食はどうする？　おなかはすいているかい？」

「わからないわ」

廊下に出たヴァシリがトレイを持って再び現れ、窓際のテーブルに置いた。「さっき用意したんだが、持ってきたときに君はまだ寝ていて、起こしたくなかったんだ。水差しには絞りたてのフルーツジュースが入っている。紅茶もコーヒーもいれなかった。君が吐き気を催すかもしれないから」

眉をひそめた彼の表情に、ローラは部屋を出ていく気が失《う》せた。「気遣ってくれてありがとう」

ヴァシリが肩をすくめた。「つわりについて調べてみたんだ。きつい匂いが引き金になることもあるそうだね」

つわりについて調べたですって？　双子について調べるならわかるけれど。

「ナッツやフルーツをかけた自家製ヨーグルト、シリアルやペストリーもある。アーモンドクロワッサンは君の好物だろう？　焼きたてだよ」

ローラは急に食欲を覚え、テーブルに近づいた。

「この島には町がないんでしょう？」

「家政婦と彼女の夫が尾根の向こうに自分たちの家を持っているんだ。数時間前にそこに立ち寄ってクロワッサンを受け取ってきた」ローラが顔をしかめるのを見て、ヴァシリは急いでつけ加えた。「心配ない。彼女はヴィラには来ないよ。君はプライバシーを守りたいんだろう？　よければ、何か温かいものを作ろうか？」

「料理もできるの？」喉が締めつけられ、妙に甲高い声が出た。

「他にも得意なものはあるがね」ヴァシリがにやりとした。

ローラは息を吸いこみ、平静を保とうとした。

「どうしたんだい？」ヴァシリが気遣わしげな表情で近づいてきた。

彼は本当に私の快適さを考えてくれている。クロワッサンを焼いたわけではないけれど、私をたっぷり眠らせ、クラッカーと水をベッドのそばに置いてくれた。食欲をそそる朝食を用意し、つわりについて調べてもくれた。

ローラはうろたえた。ジェイクみたいな親友はいても、長い間、こんなふうに私を気遣ってくれた人はいなかった。父親の浮気のせいで母親が抜け殻のようになってしまってからずっと。

「なんでもないわ」ローラはつぶやいた。「あなたが骨を折ってくれたことに感激しているの」

そして昨夜、ヴァシリが小さな命の宿るおなかに触れたときに見せた驚きとやさしさにも。あの瞬間は何よりも感動的だった。少なくとも子供たちに対する彼の思いが本物であることに気づかされた。

「そうか。じゃあ、座って」ヴァシリはローラを椅子に促した。

テーブルについた彼女は、バターの香り豊かなクロワッサンに手を伸ばした。

ローラが抵抗しなければならないのは、ヴァシリのセクシーな魅力だけではなかった。彼の気遣いも落とし穴になりうる。気をつけないと、彼にすっかり甘えて以前の自分には戻れなくなるかもしれない。

10

「なんてすばらしいの！」

ギリシアは美しい国だとは聞いていたが、目の前の景色にローラは息をのんだ。

左手には海を隔てて本土の緑豊かな丘がぼんやりと見え、右手には熟したオレンジのような夕日が海を照らしている。その手前には海底に沈む廃墟《はいきょ》のような建物が透けて見える。

ローラは身を乗り出した。「あれは円柱？」

「じっとして！」ヴァシリの手が彼女の肘をつかんだ。「ころがり落ちるぞ」

建物に気を取られていたローラはうなずいた。たぶん、よそに興味を向けるのは、ヴァシリとの接触に反応しないようにするための無意識の努力だったのだろう。

ローラは一日じゅう、ヴァシリの存在を強く意識していた。彼に見つめられるだけで脈拍がはねあがり、もっと触れたいと神経が騒いだ。

昨夜の情熱はけたはずれだった。しかし、ローラが感じていたのは肉体的な快楽への渇望だけではなかった。ただ彼と一緒にいたいという切望もあった。ヴァシリが気遣ってくれるのは、自分が彼に惹《ひ》かれているのと同じように、彼も自分に惹かれているからだと思いたかった。

私が彼の子供たちを身ごもっているからではなく、私自身を大切に思っているからよね？

それは危険な夢想だった。だが、ローラはその夢想に取りつかれていた。

今日の午後、ローラの複雑な気持ちを察したかのように、ヴァシリが島を見てまわろうと誘った。二人はヴィラ周辺の美しい庭園や古くからあるオリーブの木立、白砂の長いビーチ、そして森を探検した。手つかずの自然と、巨万の富だけが可能にする贅沢《ぜいたく》さが混ざり合った、すばらしい場所だった。

二人が住む世界はまったく違うのだと思い知らされた。

ローラはヴァシリの肩に頭を預けて身を寄せたい衝動に駆られながらも、後ろに下がった。しかし、距離を置けば置くほど、近づきたい気持ちが強くなった。

今は景色に集中しよう。

「これはなんなの？」ローラは海底に並んだ石をのぞきこんだ。「昔の家？　村？」

「廃墟と化した神殿だ」

「神殿？　古代の？」ローラは振り返った。

ギリシア神話の神のようなヴァシリがそこにいるのに、どうやって距離を保てるというのだろう？

魅力的な顔は夕日に照らされ、黒い瞳はローラの決意を水の泡にするように輝いている。

「古代遺跡は好きかい？」

「見たことはないわ。オーストラリアにはギリシアほど遺跡がないの。でも、何千年も昔の岩絵があるわ」ローラは海の中の白い石を見おろしながら、オーストラリアですばらしい岩絵を見たときと同じ畏敬の念を覚えた。ここには歴史が息づいている。当時を伝える作品を生み出した人々との、はかなくも力強いつながりを感じた。

肌がざわつき、彼女はむき出しの腕をこすった。

「寒いんじゃないか？　もう戻ろう」

ローラは首を振った。「寒くないわ。興奮しているだけ。あそこは探検できるの？　それとも立ち入り禁止？」

「立ち入り禁止ではないよ。遺跡を荒らしたり、何かを持ち去ったりしない限りは」ヴァシリが近くの木製のベンチを指さした。「そこで話をしよう」

ローラは腰を下ろし、脚を伸ばして絶景を眺めた。足元には野の花が咲き乱れ、ポピーの深紅の色が青い海面に鮮やかに映えている。背後の木々からは鳥のさえずりが聞こえ、まだ暖かさの残る微風が新芽と海の香りを運びながら肌を撫《な》でていく。シドニーは湿気が多くて肌寒かったが、この時期のギリシアは快適だ。黒髪の幼児二人とここでピクニックをする光景が目に浮かぶようだった。

「神殿だったって言ったわね」

ヴァシリが彼女の横に座った。「ああ。そこにはアフロディーテが祀《まつ》られていると考えられている」

その名前には聞き覚えがある。「愛の女神ね？」

「愛と美と情熱、とくに欲望の女神だ」

ローラはヴァシリと目を合わせることができなかった。欲望と言ったときのスエードのような柔らかい声は、あっさりと彼女の警戒心を溶かしていた。

昨夜、ローラは欲望に屈した。満たされればおさまると思っていたのに、欲望はますます強まるばかりだった。だからそれは一番触れたくない話題だった。

「なぜ町のない島に神殿があるの？　それとも、昔は町があったのかしら？」

「それが疑問なんだ。町の遺跡がまだ見つかっていないだけなのかもしれない。あるいは、ここは神殿の司祭たちだけが住む特別な場所だったのかもしれない」

ローラはまた景色を眺め、その平和と美しさにひたった。「あなたの家族が島を買ったとき、この場所を知っていたの？」

「どうかな。祖父はこの島を妻への贈り物として買ったそうだ」

「まあ。たいていの男性は花かチョコレートを贈るものなのに」父は薔薇《ばら》の花を好んで贈った。茎の長い薔薇は香りに乏しく、数日でしおれてしまうが、母はいつも喜んでいた。「お祖父《じい》さまはどんな方だったの？」

浮気者だったのかもしれない。ばかばかしいほどロマンチックにふるまって、自分の浮気から妻の気をそらそうとする男性だったのかも。

「祖父はヘビースモーカーのようなしわがれ声の持ち主で、口髭《くちひげ》を生やし、小さな男の子の心理を本でも読むように簡単に読み取ることができた。僕たちがいたずらをしようとすると、いつもその前に察知していたよ」

僕たち？　ヴァシリは兄弟について口にしたことが一度もない。「しつけに厳しかったの？」

ヴァシリの笑い声がローラを包みこんだ。「いや。それどころか一緒になっていたずらを楽しんだよ。母は僕たちがトラブルに巻きこまれるのを心配していたが、問題は何もなかった。冒険はほめられさえしたよ。だが、悪いことは許されなかった」

ヴァシリの笑いの余韻が、ずっと忘れていたものをローラに思い出させた。大家族を持ちたいという夢を。

あなたの子供たちは持てるわ。

ヴァシリには母親と兄弟がいる。ユードラの他にも親戚が何人いるかわからない。私が彼と結婚しようがしまいが、私の子供たちにはおおぜいの家族ができるのだ。

そう考えると、胸が温かくなった。妊娠がわかったときにローラが心配したのは、もし自分に何かあったら赤ん坊だけが残されてしまうことだった。

「あなたには兄弟がいるのね？」どんな人たちなのだろう？　双子を歓迎してくれるだろうか？　それとも、私がギリシア人でも金持ちでもないからといって、双子を遠ざけるだろうか？

ヴァシリの沈黙はしばらく続いた。ローラが振り向くと、彼の顔からは笑みが消え、唇が引き結ばれていた。

「僕のことを調べたんじゃないのか？　僕の家族の情報はインターネットに出まわっている」

「婚約の記事を読んだら、あなたのことを知りたくなくなったのよ」

「兄弟は」ヴァシリが険しい声で言った。「テオだけだった」

だった？

ローラはヴァシリの表情を読もうとしたが、固く結ばれた唇と青ざめた顔を除けば、何も読み取れなかった。

そのとき、はたと気づいた。シドニーで私を悩ませたヴァシリの不可解な表情は、強い感情を隠すための仮面だったに違いない。

ベンチの縁をつかむヴァシリの手は関節が白く浮きあがり、こめかみの脈は速く激しくなっている。

ローラは後悔と自責の念に襲われた。この数日、何度も同じ表情を見ていたのに、私は自分の不安と怒りにとらわれて、ヴァシリを否定的にとらえようとしていた。

私の父が仮面をつけていたのは、家族のことを大事に思っていなかったからだ。私はヴァシリも同類だと決めつけていた。

「お気の毒に。兄弟を失うのはつらいことでしょうね」

ああ、ローラ、もっとましなことを言えないの？

しかし、ありふれた言葉かもしれないが、ローラは心からヴァシリの兄弟の死を悼んでいた。

ヴァシリの手に手を重ねると、まるで二人が一つの存在であり、セックスを超えて強く結ばれているという昨夜の感覚が戻ってきた。彼も感じているかどうかは問題ではなかった。彼に慰めを与えたいという欲求は抑えがたかった。

「あなたたちは仲がよかったのね」ローラにはそれがわかった。いくらヴァシリが感情を隠そうとしても、その静かな態度が深い悲しみを物語っていた。

ヴァシリが自分の手をおおうローラの手を見て、深く息を吸いこんだ。「もう十三年も前のことなのに、ときどきテオが死んだことが信じられなくなる。僕たちが十八歳になった直後に逝ってしまったんだ」

ローラは目を見開いた。「双子だったの？」

ヴァシリは双子の家系だとは言ったが、自分が双子だったとは言わなかった。よほど深い喪失感を味わったのだろう。

その気持ちは理解できた。精いっぱい介護したとはいえ、母を亡くしたあとは寂しくてならなかった。

「ああ。父はトラブルが二倍になると嘆いていたが、そう言いながら笑っていたよ」

ヴァシリが苦笑するのを見て、ローラは胸が痛んようね」

だ。「ご両親はおちおち休んでいられなかったでし
彼がふっと笑った。「そうだな。母はいつも僕たちのせいで髪が白くなると言っていたが、今でも白髪はほとんどないよ」

ローラはヴァシリの手を強く握った。「冒険好きな二人の少年にとって、ここは楽園だったに違いないわ。島を丸ごと探検できるんですもの」

横目でこちらを見るヴァシリの顔に生気が戻り、瞳が輝いた。「ああ。僕たちはずっと外で過ごした。木や崖に登り、泳いだ。ウインドサーフィンもシュノーケリングもセーリングもしたよ。あの神殿を見たいなら、明日シュノーケリングをしよう」

「本当に？　やってみたいわ」

ヴァシリがほほえむと、ローラはどぎまぎした。距離を置くのはもうやめよう。太陽が地平線に沈むのを止めるのと同じくらいむずかしいのだから。

「じゃあ、明日やろう」

ローラの手のぬくもりを感じ、彼女の表情から興奮を読み取ったヴァシリは、いつものように心が温かくなるのを感じた。

彼女は最初からそうしてくれた。僕につきまとう暗い影を消し去ってくれた。その影におびえて、十年以上、仕事や冒険で時間を埋めつくし、深く考えようとしなかったというのに。

今、ヴァシリはいい気分だった。テオのこと、二人がここで一緒に過ごした時間を思い出すことさえ、苦痛ではなく喜びだった。思い出すのがつらくて長く島を訪れなかったが、今日はテオと一緒に過ごした時間を思い返しても、苦痛ではなく喜びを感じた。

ローラの魔法とはなんなのか？　彼はそれを定義したかった。彼女を理解したかった。

子供たちを一緒に育てていこうとローラを説得する

るためには、そうすることが不可欠に思えた。

「ジェイクのことを教えてくれ」

「ジェイクのこと？　どうして？」

ローラもまた、家族について話したがらない。まずはあの忠実な番犬みたいな友人との関係を知るところから始めよう。

「テオの話をしていて、君とジェイクのことを思い出したからだ」ヴァシリは慎重に言葉を選んで言った。「何が君たちをそんなに緊密に結びつけたのか、興味がある」

ローラがその言葉の真意を探るようにヴァシリを見つめ、彼の手の中から手を引き抜いた。

「私たちは小学校の同級生だったの。私はシドニーに越してきたばかりで、友達がいなかった。彼はシドニー出身だけど、私たちは二人とも落ちこぼれだったの。それで仲よくなったのよ」

「落ちこぼれ？」まさか。彼女は明るく、魅力的で、男の子に人気があったに違いない。

ローラは黙っている。ジェイクと分かち合えて、僕とは分かち合えないものとはなんだろう？　ヴァシリは苦い味が舌に広がるのを感じた。これは嫉妬か？

「私たち二人とも勉強についていけなくて、いつも一番下のクラスだったわ」ローラがちらりとヴァシリを見た。「二人とも失読症で、勉強には苦労したの。そういう子に子供は冷たいものよ」

ヴァシリはためていた息を吐き出した。思いがけない話だった。「君たちは支え合っていたわけか」

「ええ。今では信じられないでしょうけど、出会ったときのジェイクは内気だったわ。彼の学習障害は私よりも深刻で、よくいじめられていたものよ」

「君は彼をかばってやったんだろうな」

ローラが肩をすくめた。「何もしないで黙っていることはできなかったわ。でも、しばらくして新しくやってきた先生が彼に自信を持たせたの。それに、彼は学校の誰よりも背が高くなったわ」

「もう誰も彼に手を出せなくなったんだな？」

「ええ。そのころには私たち、学校以外でも一緒に過ごすようになっていたわ」

「お互いがいてよかったな」彼女自身はいじめられたとは言わなかったが、おそらく差別を受けたことがあるのだろう。

「そうね」

ヴァシリはジェイクとの最後の会話を思い出した。ローラと子供たちの面倒を見たいと率直に話すと、ジェイクは納得してくれた。「君は驚くかもしれないが、ジェイクと僕は仲直りしたんだ」

「そうなの？　だったらうれしいわ」

「落ちこぼれというレッテルを貼られたにもかかわらず、君たちは二人とも自分の選んだ分野で成功している。立派なことだよ」

カメラマンもモデルも、文字に頼らないですむ職業だ。ヴァシリは胸が締めつけられた。僕はなんと楽に生きてきたことか。学校では優秀な成績をおさめ、家業を継いだ。僕とテオは十八歳まで、人がうらやむような人生を送っていたのだ。

「ジェイクの仕事を知っているの？」

「少しは」ローラの居場所を突きとめた調査員から、ジェイクについても簡単に説明されていた。「彼が優秀なカメラマンだということは知っている」

「何度も賞をもらったのよ」ローラの声は誇らしげだった。「最高のカメラマンの一人だわ」

「君だって最高のモデルの一人だよ。クイーンズランドでの撮影はすばらしかった。だから僕の目に留まったんだ」

ローラが肩をすくめた。「私はいつも笑顔でつば広の帽子が似合う、隣の女の子タイプのモデルよ」

ヴァシリはその言葉を聞きながら眉をひそめた。

あの仕事は、息が止まるほどゴージャスであることは言うまでもないが、経験豊富なモデルにしか務まらなかっただろう。

「とても魅力的でセクシーな隣の女の子だよ。きっと熾烈《しれつ》な争いがあったに違いない」

「そのとおりよ。私はラッキーだったの」

「モデルの世界は厳しいと聞いている。運だけでは成功できないだろう」

ローラが首をかしげ、表情から考えを読み取ろうとするかのようにヴァシリを観察した。彼は落ち着かなかった。ふだんは自分の考えを胸にしまっておけることが自慢なのに。

「そうね。でも、この業界は気まぐれよ。たまたま広告のイメージにぴったり合えば採用される、努力はしてきたけれど、長く続けるつもりはないわ」

ヴァシリは今やすっかり興味をそそられていた。

「代わりに何かやりたいことがあるのかい?」

ローラがためらったのは一瞬で、ヴァシリはそれを収穫と考えた。少し前まで彼女はプライベートなことを話したがらなかった。将来の目標以上にプライベートなことがあるだろうか?

「ビジネスを立ちあげたいの。十代のころから自分でデザインしたビーチウエアをネットで販売しているのよ。水着やパレオや帽子をね。ただ、生計を立てたいなら、もっと拡大しなくては。同じころにモデルの仕事も始めたから、それで生活費を稼いで、自分のビジネスのための貯金もできるようになったわ」

「今はデザインの仕事は保留?」

頭がめまぐるしく回転しはじめた。ローラのビジネスは、毎年夏に観光客が押し寄せるギリシアのほうがうまくいくだろう。もし僕が経済的な支援と起業のための助言を与えれば、彼女がギリシアにとどまるもう一つの理由になるかもしれない。

興奮がわきあがった。

「そういうわけでもないの」秘密めいたほほえみがローラの唇に浮かび、瞳が輝いた。

ヴァシリの胸は高鳴った。彼女は生き生きとして見えた。その魅力にはあらがいようがない。レモンイエローのシャツの裾をウエストで結び、カットオフのショートパンツとキャンバス地のスニーカーを合わせた姿は、みずみずしくセクシーで魅惑的だ。テオを思い起こさせるエネルギーにあふれている。

「続けて。興味津々だよ」

ローラの笑みがさらに大きくなった。「クイーンズランドを発《た》ってから、古いノートを引っぱり出してデザインを再開したの。仕立ててくれる工場を探して、ビジネスプランを更新したわ」

「ビジネスプランがもうできているのかい？」

「最初からできていたわ。それを毎年更新しているの。ジェイクのお祖母《ばあ》さんがそうするよう助言してくれたのよ」

「ジェイクのお祖母さんが？」

「彼女は小さな会社で働いていて、キッチンテーブルでビジネスプランの立て方を教えてくれたの。私が自分の目標を最初に話したのは彼女なのよ」

「両親ではなく？」そう尋ねたそばからヴァシリは後悔した。ローラの顔に影が差したからだ。「すまない」

ローラは首を横に振った。「大丈夫よ」だが、ふいに海のほうを向いて腕を組んだ。自己防衛だろうか？「そのころには父はもういなかったし」

そっけない言い方から、父親のことが好きではなかったのがわかった。父親は何をしたのだろう？もしもローラを傷つけたのなら――。

「それに母は……」ローラが唇を嚙《か》みしめた。「シドニーへ越してきたときから生きる気力を失っていたの。癌《がん》に冒される前から、消えてなくなりそうだった」

「君はいくつだったんだい？」

「母を亡くしたとき？　十六歳よ」ヴァシリが鋭く息を吸いこむのを聞いたに違いない。ローラがすぐに言い添えた。「それでジェイクのお祖母さんが私を引き取ってくれたの。自活できるようになるまで一緒に暮らしたわ」

「シドニーに越したのはいくつのとき？」

こちらに向き直ったローラの顔は無表情だった。

「私の生い立ちを全部知りたいの？　シドニーに越したのは十二歳のときよ。だから、ジェイクと私には長い歴史があるの。そして、彼のお祖母さんは私の人生を大きく変えてくれた。まだ生きていてくれたらよかったのに。手作りのスコーンを食べてお茶を飲みながら、ビジネスプランについて相談したかった」彼女の口調には敬意と愛情がこもっていた。

ヴァシリはごくりと唾をのみこんだ。ローラのことを知りたかったが、彼女がどんな経験をしてきたかがわかって、胸に激しい痛みが走るとは思ってもみなかった。

ローラは何か事情があって父親と別れ、十二歳のときに母親とともにシドニーに移り住んだ。母親が生きる気力を失ったのは不幸な離婚のせいだろうか？　それ以来、ローラは新しい土地で、失読症を抱えながら、母親の介護という重荷も背負わなければならなかったらしい。そして数年後、母を失った。

ローラは同情など求めていないだろう。彼女が自立心旺盛になったのももっともだ。そして、両親が離婚でもめたことが、ローラが父親を悪く思うようになった理由の一つかもしれない。父親が家庭を壊したのだろうか？　父親はもう死んでいるはずだ。そうでなければ、母親を亡くしたあと、ローラは父親に引き取られただろうから。

同情と称賛がヴァシリの心の中でせめぎ合った。

そして、今まで感じたどんな感情よりも強いやさしさが芽生えた。

ローラに見つめられているのに気づき、ヴァシリは慎重に言葉を選んで言った。「スコーンは作ったことがない。それがなんなのかもわからない。だが、君のよき助言者がもういない以上、ビジネスプランの相談には僕がのろう。会社経営の経験ならたっぷり積んできたから」

「本当に？　私のビジネスはささやかなものよ」ローラがもっとよく彼を見たいというように身を乗り出した。「あなたには驚かされてばかりだわ、ヴァシリ・サノス。ビジネスを続けたいという私の考えに賛成してもらえるとは思わなかった」

「君をキッチンに閉じこめておこうとするとでも思ったのかい？　僕はそんな時代遅れの男じゃない」

ビジネスを支援すればローラとずっと一緒にいられるのなら、ヴァシリは大賛成だった。

「さあ、お互いのことをもっとよく知るために、ヴィラに戻ろう。僕はスコーンを知らないかもしれないが、ギリシア料理の定番、串焼き《スブラキ》なら作れる。僕の料理の腕前を知ったら驚くぞ」

ローラの笑い声に、ヴァシリはうれしくなった。彼女を喜ばせるのは大好きだ。

たとえどんなに忍耐と努力が必要になっても、今まで欲しいものは必ず手に入れてきた。いずれはローラも僕の説得に屈して結婚するはずだ。

11

海はターコイズブルーのシルクのようだった。ヴァシリに抱かれて海に入ると、ローラは彼の首に腕を回し、濡《ぬ》れたまつげに縁取られた黒い瞳を見つめた。このまなざしなら知っている。ヴァシリはまたセックスを求めているのだ。

つわりがおさまってからは、島での日々は至福と歓喜に満ちていた。ヴァシリは結婚を承諾させようとせっつくことさえしなくなった。どうやらローラと同じく、一日一日を大切に過ごしたいと思っているようだった。

ローラはそれがうれしかった。言い争いはしたくなかった。ただ、ヴァシリと一緒に時間を過ごし、人生の喜びを満喫したかった。

たとえ近いうちに決断を迫られるとしても。

子供たちのためを思えば、便宜結婚をするのが賢明かもしれないが、そんなことはしたくなかった。両親の結婚生活は悲惨だった。彼女が結婚に求めているのは、夫に大切にされ、愛されることだった。

それがかなわないなら、結婚を受け入れる気はない。自分の結婚の真実に向き合えず、悲嘆に暮れる母親の姿は、厳しい教訓となった。

でも今は、そのことは考えたくない。

「どこへ行くの？」ローラは砂浜のほうを振り返った。「浜辺はあっちよ」

「浜辺からだいぶ遠ざかってしまった。こっちのほうが近い」ヴァシリがざらついた男らしい声で言い、ローラは胸がどきどきした。

そこは張り出した崖の洞窟だった。ヴァシリは腰の高さのなめらかな岩棚にローラを座らせた。

ローラと向かい合って座ったヴァシリは、傲慢さとやさしさが入りまじった表情をしていた。彼の目的がおなかの子供たちを守ることだと知っていなければ、ローラは自分を大事にしてくれているのだと勘違いしていたかもしれない。

ローラは手を伸ばし、この世の何よりも魅力的なヴァシリの顔の特徴をなぞった。湿った肌は温かく、脈拍は速い。その男性的な魅力とは裏腹に、彼も自分と同じように傷つきやすいのはわかっている。

愛のない結婚は私を破滅させると、ローラは何度もヴァシリに説明しようとした。母がそうだったと。だが、結局あきらめた。父親の裏切りを知ってから、自分の弱さへの恐れが常に胸に居座り、誰にも心を許せなくなっていた。

「何を考えているんだい？」

黒檀《こくたん》を思わせる瞳に視線をとらえられ、ローラの鼓動が乱れた。

そのときが来たら、私はどうやってさよならを言うつもりなのだろう？

さよならを言う必要はないわ。シルクのようになめらかな声がささやいた。気が変わって、結婚を承諾するならね。

そうしたい気持ちは強かった。

ローラはヴァシリの肩から胸にかけて指をすべらせ、彼の呼吸が深くなるのを感じた。「どうやってこの場所を知ったの？　恋人たちを連れてきたのかしら？」軽い口調で言おうとしたのに失敗した。重要なのは現在と未来で、過去ではない。

「この島に恋人を連れてきたことはない。そもそも長く訪れていなかった。思い出が多すぎるから」ヴァシリが言葉を切り、深呼吸をした。「子供のころにテオと二人で見つけたんだ。海賊の隠れ家に見立てて遊んだものだよ」

「ヴァシリ」ローラは両手を彼の胸に当てて力強い

鼓動を確かめた。なぜこうすることが、二人が共有する官能的な喜びと同じくらい親密に感じられるのだろう？「ごめんなさい――」

ヴァシリの魅惑的なほほえみが彼女の言葉を奪った。

「そろそろここで新しい思い出を作るべきだな」彼の手がローラの背中に回され、ビキニのトップの紐《ひも》をつかんだ。

ここに来てから、ローラはヴァシリに抵抗したことはなかった。それどころか、彼の愛撫《あいぶ》がもたらす歓喜に喜んで身をまかせていた。ただ、体の相性と愛は別物だということは忘れまいとした。

「新しい思い出……名案ね」ローラは海水に手を入れ、ヴァシリのスイムショーツの前に触れた。彼がビキニのトップのもう一本の紐を引っぱると、胸のふくらみがあらわになった。

ヴァシリの瞳が輝きを増した。彼は身をかがめて片方の胸を包みこみ、もう一方の胸の先に唇をつけた。ローラは喜びのため息をつき、頭を後ろに倒した。興奮の震えが胸から脚の間へ、さらに水の中で丸まった爪先へと走った。

「まだだ」

ローラが目を開けると、ヴァシリは顔を紅潮させ、興奮の極みにいるようだった。

ローラの両手を取って自分の肩に置いたヴァシリが、ふくらみかけた腹部をてのひらでゆっくりとなぞった。それからその手はビキニのボトムの下にもぐりこみ、敏感な部分へすべっていった。もう一方の手は胸を包みこんでいる。彼の指が感じやすい箇所を見つけると、ローラは歓喜の渦に巻きこまれた。

喜びが頂点に達し、太陽の光を反射するガラスの破片のようにローラは粉々になった。ヴァシリが片腕を彼女の背中に回し、もう一方の手で頭を肩に引き寄せた。

しばらくしてようやく震えがおさまり、ローラはゆっくりと現実に戻った。ヴァシリの肌に舌をすべらせると、彼の体に震えが走った。

ヴァシリは肉体的にも精神的にも強い男性だ。でも、私は彼の体を粉々にすることができる。彼が私の体を粉々にすることができるように。

私はヴァシリ・サノスへの切望を断ち切ることができるのだろうか？

母が自分を無残に裏切った男性に縛られていたように、感情的にも肉体的にも、一人の男性に縛られるのが私の運命なのだろうか？

ローラはその思いの背後にある恐怖をすばやく追い払った。

なぜなら、ヴァシリがローラを必要としていたから。そしてローラは、自分が与えられたのと同じ極上の喜びを彼に与えたかったからだ。

ヴァシリにもたれかかったまま、ローラは彼の肩から腕を下ろし、ビキニのボトムの両脇にある紐をほどいた。気がつくと、ヴァシリがスイムショーツを腿まで下ろしていた。

ローラは彼の高まりを指で包みこみ、その力強さに改めて驚嘆した。

「僕を見てくれ、ローラ」ヴァシリがローラの顎を持ちあげた。

ヴァシリの目を見たローラは、はっとした。そこにあるのは渇望以上のものだった。何か複雑ですばらしい感情が伝わってきて、彼女は喉が詰まった。

両脚をヴァシリの腰に巻きつけると、大きな手が彼女のヒップを包みこんだ。一つに結ばれ、ヴァシリがローラの中で動きだすと、彼女は目を閉じて快感にひたった。温かい海水やヴァシリの力強い体の感触が心地よい。

私の恋人。私の伴侶。

二人の体がぶつかるたびに、その言葉が頭の中で繰り返された。

手なずけようとしていた野生のエネルギーがついに炸裂《さくれつ》し、ローラはヴァシリにしがみついた。視界がぼやけ、官能の津波が二人に襲いかかった。津波は、二人が分かち合った至福と確かめ合った絆《きずな》以外のすべてを押し流した。

ローラは自分がヴァシリの名前を叫ぶのを聞いた。そして、祈りか約束のようにヴァシリが口にしたのが自分の名前だと気づいた。


その日の午後、ヴァシリは書斎から出てキッチンへ向かった。ローラはハンモックでのんびりすると言い、ノートと帽子を持って庭に出ていた。

彼女には休息が必要で、だからヴァシリは書斎に閉じこもったのだった。彼はセックスで活力を取り戻したが、ローラには十分な睡眠が必要だった。

アフロディーテを祀《まつ》る神殿の見物は、火傷《やけど》するほど熱くエロチックなセックスで終わった。

ローラとの交わりはいつも驚異的だが、今朝は……。ヴァシリはかぶりを振った。肉体的な行為を魂に響くものに変える何かがあった。

疑念が頭の中に渦巻いたが、彼はそれ以上追求したくなかった。

おまえは世界で最も危険な峰に登り、五つの大陸で危険を冒して、何度も命を落としかけた。いつからそんな臆病者になったんだ？

答えは単純だった。

感情がからむからだ。

テオが死んだ日以来、ヴァシリは自分の人生を感情に支配されまいと闘ってきた。ぎっしり詰まった仕事のスケジュールが、感情に蓋をすることを楽にしてくれた。誰かと関わりを持つほど長く一つの場所にいることはなかった。

だが、おまえは今、関わりを持ちたいと思っている。妻と二人の子供を引き受けたいんだろう？

不思議なことに、ヴァシリはそれについて深くは考えなかった。妻と子供たちを引き受けたいという気持ちは本能的なものだったのだ。

僕の人生は複雑になるだろう。

だが、複雑であろうとなかろうと、ヴァシリはそういう人生をまっとうするつもりだった。

冒険をやめるとしても？　おまえはテオが望んだ人生を送ると誓った。家庭に縛られて、どうやってそれを実現する？

ヴァシリはトレイに冷たい飲み物をのせている途中で手を止めた。この一カ月で一番の冒険は、今朝シュノーケリングをしたことだ。

ローラと結ばれたことを除けば。

ヴァシリは考えこみながら、おなじみの足がうずうずする感覚を待った。前に進みたい、何か違うことをやってみたい、新しいチャレンジに取り組みたいという熱望がわきあがるのを。

しかし、何もわきあがらなかった。

僕は変わった。ローラが僕を変えたのだ。

今まで経験したことのない状況と義務感が僕をここに縛りつけているのだろうか？

最初はテオのために、父親が亡くなったあとは母親のために強くなることを学んだ。そして今は、ローラと赤ん坊たちのために強くならなければならない。だが、これは義務ではない。自ら喜んで選択したことだ。

世界を股にかけた冒険のどれだけが本当にテオとの約束のためだったのか？　自分の喪失感が癒えるまでじっとしていられなかったという、純粋に利己的な理由からではなかったのか？

ヴァシリは体をこわばらせた。

自己分析が苦手なのも当然だ。分析すれば、行きたくない場所へ導かれてしまうのだから。

だが、一つだけ行きたい場所があった。ヴァシリは分析することを拒否してトレイをつかむと、ローラを捜しに日差しの下へ出ていった。

ローラは帽子を顔にかぶせ、ハンモックでうたた寝をしていた。膝の上には大きなノートが開いてある。ヴァシリは飲み物をそばのテーブルに置きながらノートをのぞき見た。そこにはビーチウエアのデザインだけでなく、布地の柄のデザインも描かれていた。

彼は今、ローラの才能を垣間見た思いだった。ときおり庭でスケッチをしているのを見かけることはあったが、見せてくれたことはなかったし、ヴァシリも首を突っこみたくなかった。

開かれたページの片側には、オリーブの枝の精緻なスケッチが描かれ、彩色されていた。手を伸ばせば葉に触れられそうなほどリアルだ。反対側のページには、抽象化されたオリーブの葉と実のデザインが描かれていた。

「どう思う？」

柔らかな声に振り向くと、眠たそうなはしばみ色の瞳がこちらを見つめていた。

「今一つ？」

「いや、とてもいいよ。シンプルで印象的だ。これを布にプリントするんだね？」ページの下のほうに布地の指定がメモされている。

ローラが体を起こすと、ハンモックが揺れた。

「たぶん。デザインに自分が満足できれば」

ヴァシリは太鼓判を押したかったが、自分は専門家ではないと思い直した。「もっと見てもいいかい？」

一瞬ためらってから、ローラがうなずいた。ビジネスプランを相談するほど信頼してくれていても、これはもっと個人的なものだ。彼女の表情にちらつく警戒心がそう物語っていた。

「さあ」ヴァシリは絞りたてのフルーツジュースの入ったトールグラスを差し出した。「それと交換しよう」

ローラがグラスを受け取り、スケッチブックを渡した。彼は楡《にれ》の木の根元に座り、ノートを開いた。そしてすぐに色彩と形の世界に夢中になった。ビーチウエアの前身頃にはアクアマリンとシーグリーン、オーストラリアのビーチを思わせる淡いゴールドで、波や貝殻やタツノオトシゴやヒトデがデザインされていた。オリーブの小枝のパターンやボーダー柄もある。オーストラリアにしか咲かない色とりどりの珍しい花が繊細に描かれているページもあった。

また、夜空をイメージしたダークブルーとシルバーで描かれたページもあった。まぶしい朝日と燃える夕日を思わせるページも。他にも太陽の光に照らされたヨットや抽象的な幾何学模様などがあり、目を引きつけて放さない。

さらにページをめくると、そこにはヴィラの庭に咲き乱れている真っ赤なゼラニウムがあった。写実的なデッサンと、そこからイメージをふくらませたデザインが描かれている。続いてギリシアの野草のデザインがあり、最後はオリーブだった。

ヴァシリの手が止まった。

「好みじゃないって言っていいのよ。万人受けするデザインではないでしょう?」

ヴァシリは顔を上げ、ローラの視線を受けとめた。

「すばらしいよ。君にはすぐれた才能がある」

ローラはしばらく無言だったが、やがてかぶりを振った。「私の自尊心を満たしてくれてありがとう」

彼女は僕の言葉を信じなかったのだろうか? それとも、彼女が聞きたがっていることを僕が口にしただけだとでも思ったのだろうか?

「僕を信じていないのか? 君はもう僕という人間をよく知っているだろう。僕はいつも君に対して率直だった。このデザインはすばらしいよ。お節介でなければ、こういうことに詳しいギリシアの人物に話して君に連絡させよう。彼女はインテリアデザイナーとしてスタートし、現在は家具のプロデュースにも手を広げている」

ローラが目を見開いた。「本気なの？」

ヴァシリは肩をすくめてノートを置いた。ささいなことだが、自分の反応をローラが真に受けなかったのが引っかかっていた。ベッドでは親密でも、僕はまだ彼女の信頼を勝ち取ってはいないのだ。

だからといってローラを責めることはできない。僕には彼女を永久に自分のもとにとどめようというひそかな意図があるからだ。

しかし、今日はいつになく感情に振りまわされている気がした。子供のころにテオと遊んだあの洞窟に行ったせいか、気持ちが落ち着かなかった。

ローラがヴァシリの横に座り、軽く彼の手の甲を撫《な》でた。「ごめんなさい、ヴァシリ。私、ときどき警戒しすぎてしまうの」

学習上の問題から、幼いころにあまりほめられなかったせいかもしれないとヴァシリは思った。

「あやまらないでくれ。さあ、ジュースを飲んで」

「ありがとう。もしインテリアデザイナーのお知り合いが私に興味を持ってくれたら、ぜひお話ししたいわ」

ヴァシリはうなずいた。「お節介な億万長者の提案を受け入れるのかい？」

「自分のビジネスを軌道に乗せるためなら、どんな援助も受けるわ。お節介だとは思わない」ローラの指がヴァシリの指に巻きついた。「この島が弟さんとの思い出を呼び起こすと言っていたわね。私のためにここにいる必要はないわ。私なら――」

ヴァシリは人差し指でベルベットのように柔らかいローラの唇に触れた。「僕が君とここにいたいんだ」

ローラが物問いたげな顔をしたのに何も言わなかったので、ヴァシリは突然説明したくなった。自分の肩の重荷を下ろしたいからではなく、二人の間の障壁を取り除き、彼女を信頼していることを証明するべきだと感じたからだ。

ヴァシリは手を下ろしてローラの手を包みこんだ。重なった二人の手を見て、安らぎを感じた。いつからこういう安らぎを受け入れるようになったのだろう？

「テオと僕は双子で親友だった。ほとんどの時間を一緒に過ごしたものだ」ヴァシリは顔を上げ、オリーブ畑とその向こうに広がる海を眺めた。「僕たちは毎年夏をここで過ごした。二人の十八歳のバースデーパーティもそうだ。テオはそれまで友人たちとセーリングに出ていて、ここに着いたときには体調を崩していた」十三年前の週末のことを思い出し、彼は唇を噛《か》んだ。「そしてその日の夜、容態が急変して入院したんだ。進行性の血液の癌《がん》と診断され、二週間ほどで息を引き取った」

視界が徐々にぼんやりし、思い出が押し寄せてきた。ローラのもう一方の手がヴァシリの手に重なると、胸の重石《おもし》が少し軽くなった気がした。

「それから十数年、僕はここに来なかった」

「でも、私のためにここへやってきた。ただ、二人で別の場所に行ってもいいのよ。ここにいる必要はないわ」

〝二人で別の場所に行ってもいい〟

ヴァシリはその言葉が気に入った。ローラは僕たち二人をペアとして考えているのだ。

「その必要はないよ。確かに、ここにいるとテオを思い出してしまうが、それは悪いことじゃない。むしろ、楽しかったときを思い出すことが多くなった。それに、悲しい思い出を打ち消すために、新しい思い出を作りたい」

ヴァシリはローラにほほえみかけ、変わらぬ欲望がこみあげるのを感じた。だが、欲望より、過去の痛みに向き合うことを手助けしてくれたこの女性への感謝の念のほうが大きかった。

感謝の念と、もっと深い何かのほうが。彼はその何かが自分を永遠に変えてしまうと悟った。澄みきった青空に走る稲妻のように唐突に、疑念がわきあがった。

僕はローラを愛しているのだろうか？

12

「心配なことがあれば、いつでも電話してください」アテネの産科クリニックの医師がローラからヴァシリに目を移した。「緊急の場合は昼夜を問わず対応します」

オーストラリアで診察した医師が昼夜を問わず対応してくれるとは、ローラには思えなかった。お金がものを言うとはこのことだ。

医師が笑顔でローラに向き直った。「ですが、その必要はないでしょう。すべて順調ですから」

ローラはほっとして笑みを返した。言葉の壁を心配していたが、問題はなかった。アテネの新しい産科医は英語に堪能だった。しかも、信頼できる医師で、診察するだけでなく、彼女の話に注意深く耳を傾け、質問に答えてくれた。

「ありがとうございます。順調と聞いて安心しました」ローラがヴァシリをちらりと見ると、ほほえみが返ってきた。

ヴァシリはどこか変わった。数日前に海底の神殿跡をシュノーケリングしながら回り、岩棚で体を重ねたときからだ。しかし、彼のどこが以前と違うのかはわからなかった。彼は相変わらず気配り上手で、ベッドでもすばらしかった。だが、何かが違う。心に引っかかることがあるように見える。

ローラが尋ねると、ヴァシリは否定した。きっと妊娠の経過が気になっていたに違いない。

彼はいい父親になるだろう。でも、いい夫になれるだろうか？

ローラは結婚という制度に否定的なわけではなかった。ただ、双方に誠実さや愛情があると確信できない限り、結婚する気にはなれなかった。

破綻した両親の結婚生活を見て、その二つが欠けているとうまくいかないと痛感したのだ。

単に子供を育てるのに都合がいいという理由で結婚したくはない。二人の間に愛がなければ……。

受付で立ちどまると、ヴァシリがローラの背中を撫《な》でた。服の上からでさえ、その羽根のように軽い愛撫《あいぶ》はさまざまな反応を引き起こした。これは純粋に肉体的な反応にすぎない。官能的な一カ月を過ごした結果だ。

でも、官能的なだけではない。二人の関係は友情と敬意と理解を含んだ新たな次元に達し、単なるベッドのパートナーというよりもはるかに親密になっている。

「この日にちでどうだい、ローラ？」

ヴァシリの問いかけに、ローラは物思いから引き戻された。「いいわ、ありがとう」

受付係が提案した次の予約が何日なのかわからなかったが、ローラは具体的な計画を立てるべきだと思い知らされた。このままのどかな島での生活を続け、決断する必要がないふりをしているわけにはいかない。自分自身のことも、ヴァシリのことも。

ヴァシリがローラの手を取り、ドアへと導いた。

ローラは完全にプライバシーが守られた環境でリラックスし、面倒を見てもらえることがどれほどありがたいかを実感した。そこでヴァシリの指に指をからませ、ロビーで彼を引きとめた。

「ありがとう、ヴァシリ、何もかも。あなたが面倒を見てくれたおかげよ。もしシドニーにいたら、私の血圧は急上昇していて、お医者さまも喜ばなかったでしょうね」

何を考えているにせよ、こちらを見おろすヴァシリの表情は温かかった。「感謝なんかしないでくれ。僕は永久に君の面倒を見たいんだ」

ローラが〝永久〟という言葉に抗議する前に、ヴァシリが唇にそっとキスをした。短いキスだったが、ローラは息も絶え絶えになり、彼にしがみついた。

ヴァシリが体を引き、彼女の耳元でささやいた。

「この続きは二人きりになってからだ」

ローラはヴァシリへの思いの強さに目がくらみ、彼に導かれるままビルから出た。

そのとき、歩道の端が騒がしいのに気づいた。誰かがヴァシリの名を呼んでいる。次の瞬間、ヴァシリがローラを抱き寄せ、別の方向へすばやく向かった。はっとして振り返ると、ダークスーツ姿の男性たちにまぎれて、見知らぬ男が二人の写真を撮ろうとしていた。

「振り向くな。歩きつづけろ」ヴァシリがてきぱきと指示した。「車はあっちだ」

ほどなくヴァシリがリムジンの後部ドアを開け、ローラを中に促した。一瞬ののち、リムジンは交通量の多い道路を走りだした。パパラッチとヴァシリのボディガードをあとに残して。ローラの心臓は激しく打ち、胃はむかむかしていた。

マスコミのことをすっかり忘れていた。ヴァシリへの思いと、おなかの子供たちに異常がないという医師の言葉に気を取られていたのだ。

しかし今、いきなり厳しい現実を突きつけられた。

「すまない、こんなことになって。今日の診察について知っていたのは僕の最も信頼するスタッフだけなのに」ヴァシリが気遣わしげに言った。

ローラはヴァシリの手に手を伸ばした。不思議なことに、そうすると緊張が少しほぐれた。オーストラリアでは、友人たちに支えられていたにもかかわらず、孤独を感じていた。だがこの一カ月で、将来についての意見の違いはあっても、ヴァシリが自分を気にかけてくれていることがわかり、安らぎを覚えていた。

あなたが彼の子供たちを身ごもっているからよ。

ローラは胸のかすかな痛みを無視した。自分がヴァシリの最も大切な存在だと思いこむほど盲目ではない。二人の間の絆《きずな》は強くなっているけれど、彼の一番の関心の対象は子供たちだ。私ではない。

ヴァシリが愛を告白したことはない。仮に告白されたとしても、私は信じなかっただろう。男性にとって、自分の望みをかなえるために愛の言葉を口にするのは簡単なことだと知っているからだ。

少なくともヴァシリは正直で、二人がロマンチックな関係にあるかのようなそぶりは一度も見せなかった。

「あなたのスタッフはよくやってくれたわ。パパラッチが追いかけてくるのを阻止してくれたし」

それでもヴァシリは不満そうだった。

「あのパパラッチがあそこにいたのは偶然よ。あなたのスタッフに責任はないわ」

ヴァシリが髪を手でかきあげた。「僕は偶然だとは思わない。誰かがもらしたんだ」

背筋を氷のように冷たい恐怖が駆けおりたが、ローラは平静を装い、肩をすくめた。「もしかすると、あのビルで働いている誰かが私たちの姿を見かけたのかもしれないわ。その人がたまたまジャーナリストと知り合いで……」

ヴァシリがため息をついた。「これから一時間かそこらで報道合戦が始まるだろう。僕たちが一緒に産婦人科に行ったことがわかれば、その事実を考え合わせて結論を出すはずだ」彼が長い指を指にからませてくると、ローラは緊張がさらにほぐれるのを感じた。「すまない、ローラ」

「あなたは最善を尽くしてくれたわ」

ローラはつないだ二人の手を見て、もし彼と結婚しないという決意を貫いたら、こういう事態に自分はどう対処するのかと考えた。結局のところ、便宜結婚を受け入れることになるのだろうか？

それなら、将来の問題ではなく、現在の問題に集中すべきだ。「ユードラに警告しておいたほうがいいわね」

ヴァシリがもう一方の手に持っていた携帯電話を見せた。「ああ。取材攻勢が始まったら、彼女は少なくとも同情票を得ることができるだろう。君のほうが心配だよ」

彼は心配してくれている。でも、十分じゃない。人生の伴侶には愛がなくては。真の深い愛が。

「記事を読むつもりはないわ。私もあなたも真実を知っているし、私の友人たちも知っている。騒ぎがおさまるまで、路上でマスコミに取り巻かれないように私を守ってくれるなら、きっと乗りきれるわ」

ヴァシリの目に称賛が宿った。「ローラ、君の現実主義に拍手を送りたい。大丈夫、心配するな」

しかしヴァシリは、ローラを抱きしめて安らぎを与える代わりに、ユードラに電話をかけた。マスコミの狂乱に巻きこまれそうになっていることを従妹《いとこ》に警告するのはまっとうな行動だが、彼がギリシア語に切り換えて話しだすと、ローラは言い知れぬ寂しさを感じた。

子供たちのために結婚するという考えを否定したのはローラだった。そのことでヴァシリが責めないのがありがたかった。

ただ心の奥底にいる弱い自分は彼に抱き寄せられ、愛の言葉をささやかれたがっていた。

ヴァシリはもう我慢の限界だった。帰宅して居間のソファに落ち着くと、ローラを引き寄せた。

こうするのは最高に気持ちがいい。

ローラはヴァシリの首元に頭をもたせかけ、てのひらを彼の胸に当てた。さっきまで狂ったように打っていた心臓は、今はゆっくりと鼓動を刻んでいる。

さっき路上でパパラッチと遭遇したとき、ヴァシリはとっさにローラを抱き寄せた。そんなことをしたら、二人が現れるのを禿鷹《はげたか》のように待ち構えていたパパラッチに格好の写真を撮られていただろう。

ローラの青白い顔とこわばった顎には、理性的な態度とは相反する感情が読み取れた。ヴァシリは彼女を抱きしめ、安心させる言葉をささやきたかった。だが、後部座席でキスをする二人の写真がゴシップ紙に載る危険は冒せなかった。自分のためではなく、ローラのために。彼は初めて自分の車の窓がスモークガラスだったらよかったのにと思った。

ローラの妊娠が判明した時点で、偽りの婚約を公に解消するようユードラに主張すべきだった。ただ、それでは従妹が愛する男性と結ばれるチャンスが失われてしまう。そしてローラは、公にしないという決断を理解してくれた。

今となってはもう遅い。ヴァシリが何より避けたいのは、ローラがスキャンダルの矢面に立たされることだった。マスコミは彼女の評判を落とし、愛人というレッテルを貼るだろう。

再び怒りがこみあげてきた。ヴァシリはこれほど自分を無力だと感じたことはなかった。

「鼓動が速いわ」彼の胸に手を当てているローラがつぶやき、顔を上げた。

「すまない、君をあんな目にあわせて」

「パパラッチに見つかったのはあなたのせいじゃないわ」

彼女はこんなに分別があっただろうか？　ヴァシリ自身はいつになくわめきたくなった。

「いや、僕がいけないんだ。ユードラとの婚約はすぐに解消すべきだった」

「そうしたら、彼女が愛する人と結婚するチャンスをだいなしにしていたわ。そんなことはできないはずよ」

ヴァシリはかぶりを振った。ローラの言うとおりだ。ユードラは彼にとって妹のように大切な存在だった。だが、彼女とローラのどちらかを選ぶとなると、選択の余地はなかった。

「ユードラと彼女の恋人を助けるためならなんでもするつもりだ。ただ、君を犠牲にはできない。今日、婚約解消を発表するよ。お互いの愛情が別の相手に移ってしまったからだと説明する」

問題は、ユードラが結婚の予定を公にするまで、ローラがヴァシリを略奪したように世間に思われてしまうことだった。

「ユードラが賛成するかしら？」

「彼女なら賛成するはずだ」ヴァシリは言葉を切り、ローラに目を向けた。その顔に信頼とやさしさがあふれているのを見て、希望がわいてきた。「ローラ、君には考える時間を一カ月与えた。僕たちの相性がどんなにいいかはもうわかったはずだ。僕たちが一緒になれば、子供たちも、そして僕たち自身もすばらしい人生を送ることができる。君と結婚したい」

ローラが真剣なまなざしでヴァシリを見つめた。彼はやさしさと愛情と欲望を感じた。きっと彼女も同じものを感じているはずだ。

「この一カ月は特別だったと思わないか？」

ヴァシリはローラを必要としていた。彼女のいない人生に戻ることは想像もできなかった。そう考えると、体に震えが走った。

「それを婚約解消の理由に使いたいからきいているの？」

ヴァシリは顔をしかめた。興奮や喜びに圧倒されている女性の物言いには思えなかった。

「君と一緒になりたいからきいているんだ。子供たちも含めて」彼は片手をふくらみかけたローラの腹部にすべらせた。「君を幸せにできると確信している。君のビジネスもサポートするつもりだ」

他の言葉が舌の先まで出かかった。もっと説得力のあるロマンチックな愛の言葉が。しかし、ヴァシリはその言葉が信じられなかった。それが自分の気持ちの正体なのかどうかも確信が持てなかった。むしろ、そうではないと思いたかった。

この十三年間、ヴァシリは愛につながりそうなものから逃げてきた。愛のあとに訪れる悲嘆や絶望の深さを知っていたからだ。誰かと本当の意味で親密になるのは幸せなことだ。だが、その誰かを失ったときには地獄の苦しみが待っている。テオを亡くしたときのように。あのときと同じ道はたどりたくなかった。

ローラの手が腹部に置かれた手に重なり、彼女の表情がヴァシリの中の何かを溶かした。期待が高まり、息が苦しくなった。彼女は同意しようとしている！

「あなたはいい人よ、ヴァシリ。いい父親にもなれると思うわ。でも、結婚は……」ローラが首を横に振り、唇をゆがめた。「賢明かもしれないけれど、できないわ。子供たちのためであっても」

「だが、君は――」

「お願い、今はやめて」ローラが彼の手を振りほどき、立ちあがった。さっきよりさらに顔色が悪くなっている。「今朝はいろいろなことがあったから、静かに過ごしたいの。お風呂に入ってくるわ」

失望といらだちの間で揺れながらも、ヴァシリはローラに手を貸そうと立ちあがったが、彼女は手を振って助けを拒んだ。

やむなく彼は引きさがった。今は言い争っている場合でも、自分を拒絶する理由を追及している場合でもない。それに、この問題はこれで終わったわけではないのだから。

「一つ言っておくことがある」ローラが廊下に出ると、ヴァシリは言った。心が鉛のように重かった。ほんの少し前まで、ローラは僕に寄り添い、僕に触れることで安らぎを見いだしていたのに。

「何？」彼女は振り向きもしなかった。

「ユードラと僕は話し合って、今夜友人たちを交えてお気に入りのレストランに出かけることにした。間違いなくマスコミが外にたむろするだろう。僕たちと彼女の間に険悪な感情はないことを示すチャンスだ。君も同席してほしい」それはローラに関する否定的な報道を払拭するための作戦の一環だった。

「だが、君がその気になれないなら、キャンセルする」

「キャンセルしないで」ローラが肩越しに振り向き、かろうじてヴァシリと目を合わせた。「名案だわ」

そして、意外な返事に驚く彼を残して立ち去った。

ローラを説得するにはどうすればいいのだろう？　人生で数回しか経験したことがないが、ヴァシリは今、本当に自分を無力だと感じた。

それから我に返った。死がテオをさらったとき、僕は何もできなかった。だが、ローラはここにいて、僕とともに子育てをしようとしている。僕はまだ彼女を失ったわけではない。

今すべきなのは、ローラが僕を拒絶した理由を知り、改善すべき点があるなら改善することだ。

13

ローラは緊張を覚え、つわりがぶり返してくれればいいのにと思った。そうすればヴァシリや彼の友人たちと過ごさないですむのに。

笑おうとしたが、自分が泣きそうになっているのに気づき、唇を噛《か》みしめた。

泣いたのは十二歳のときが最後だ。母親が死んだときでさえ泣かなかった。

鏡に映る潤んだ目を見ないようにして口紅を塗ろうとした。だが、唇も手も激しく震えていて、うまく塗れない。ローラはいったん拭き取り、口紅を化粧台に置いた。

時間が必要だ。

ローラは化粧台の前の椅子に腰を下ろし、呼吸に集中した。それでも気持ちを落ち着けることはできなかった。

ほんの数時間前、ヴァシリは私に結婚を申しこんだ。私はイエスと返事をしそうになった。喜びのあまり、あなたの妻になると言いそうになった。

ローラは激しく打つ心臓の上を手で押さえた。

本当はヴァシリの妻になりたかった。彼が示してくれた子供たちと幸せに暮らす生活を望んでいた。ヴァシリは妻を支える夫、子供たちを愛する父親になるだろう。彼が言ったように、すばらしい人生だ。

二人が島で分かち合ったのは特別なものだったとヴァシリが言葉にしてくれたときには、涙が出そうになった。一瞬それを、彼が自分と同じように感じている証拠だと思ったからだ。でも、彼がそう言ったのは私を説得するためだった。

子供たちのためではなく、私を好きになったから結婚したいと言ってくれたのなら、どんなによかったか。だが、愛という言葉はいっさい出なかった。

私は誰にとっても特別な存在ではなかった。父親は娘を見捨てることになんのためらいも感じなかった。仲のよかった母親でさえ、ずっと一緒にいてくれるほど娘を愛してはいなかった。夫に裏切られたショックで心身ともに弱り、娘を一人残して逝ってしまったのだから。

だから私はこんなにも愛されたいのだろうか。ずっと二番手だったから？　私が強くなったのは、母のようにあきらめることはしないと決意したからだ。

ヴァシリと過ごした至福の一カ月は、子供たち以外に私を彼に縛りつけるもう一つの鎖だ。ヴァシリとのセックスのない生活など想像もできない。ただ、それ以上に悪いのは彼への自分の気持ちだ。

何を見ることになるのか恐れながら、ローラは顔を上げて鏡の中の自分を見た。目は熱を帯び、明るく輝いていた。愛がなせるわざだろうか。わからない。恋に落ちたのは初めてだから。私は自分を便利な存在としか見ていない男性に心を捧《ささ》げてしまったのかもしれない。称賛に値するけれども幸せに欠かせない存在とは見ていない男性に。

心臓が胸郭から飛び出さんばかりに大きく打った。ローラは再び胸に手を当て、鼓動を静めようとした。てのひらが、今夜身につけるようにとヴァシリが贈ってくれた美しい金のペンダントに触れた。

ヴァシリがペンダントを差し出したとき、ローラは自分が間違っていたと思いそうになった。このプレゼントは義務感などよりもはるかに強い気持ちの証《あかし》なのだと。繊細な金線細工のペンダントを見て、希望が芽生えた。それは明らかに高価なものだった。

ローラは唖然《あぜん》としてペンダントからヴァシリに視線を移した。彼の黒い瞳にあるはずのやさしさを求めて。だが、ヴァシリは無表情だった。ただ、そのワンピースには何か特別なジュエリーが必要だと思うと言っただけだった。

ローラは口元をゆがめた。私が切望しているのは愛だと、ヴァシリは知らないのだ。

気を取り直して再び口紅を手に取り、今度は震えることなく唇に塗った。ワンピースと同じ色のサンダルをはくと、立ちあがって自分の姿を眺めた。

何着か届いた服の中から選んだのは、銅色のシルクのワンピースだった。溶けた金属のように輝きながら体の曲線を美しくおおい、胸元はほどよくV字形に開いて、ヒップから下は生地が繊細なドレープを描いている。柔らかな素材は妊娠四カ月の体を強調するかのようだ。

一歩下がると、シルクがローラの体を撫《な》で、ヴァシリの愛撫《あいぶ》が思い出されて嗚咽《おえつ》が喉にこみあげた。

いつまで結婚にイエスと言いたい誘惑に逆らえるだろうか？　家族になったら、夏は島で過ごし、冬はアテネで過ごす。子供たちは両親の愛に包まれて成長していく。

人生で一度くらい誰かにとって一番大切な存在になりたいと思うのは、私のわがままなのだろうか？子供たちを第一に考えなければ。ヴァシリが父親としてそばにいれば、子供たちは幸せだろう。

胃が痛み、ローラはなだめるようにおなかに手を当てた。

そのとたん、不安がいきなり高揚感に取って代わられた。胃が痛くなったのは不安のせいではなく、双子のせいだった。赤ん坊たちが動いたのだ！

妊娠期間のほぼ半分を過ぎた一週間ほど前から奇妙なざわつきを感じていたが、それがなんなのかはわからなかった。しかし今、両手を腹部に当てると、今までで一番不思議ですばらしい感覚が伝わってきた。手の下で赤ん坊が、赤ん坊たちが動いている。

ローラは踵《きびす》を返してドアに急いだ。ヴァシリに早く伝えたい。興奮が感覚を鈍らせたのか、広い居間のドア口まで来たところでヴァシリが訪問客に対応しているのに気づいた。彼の緊張感が伝わってきて、うなじの毛が逆立った。

客は二人だった。話しているのは年配の男性のほうだ。ヴァシリより背が低いが、がっしりした体格で、権力を行使するのに慣れているように堂々としている。だが、ヴァシリほどの威圧感はない。彼の視線は隣にいる中年女性にそそがれていた。

女性はネイビーと白のワンピースに身を包んでいた。デザイナーの手になる一点物に違いない。アップに結った黒髪に交じる白髪でさえも、優雅な気品を際立たせている。

二人が誰か、ローラはすぐに察しがついた。すると、ヴァシリが突然振り返った。まるで彼女の正確な居場所を常に察知しているかのように。

「ローラ」

二人がさっとこちらを向いた。ローラはその視線にちくちくした痛みを感じた。いや、これはとぎすまされた刃物を当てられるような鋭い痛みだ。

ローラは肩をいからせ、頭を高く上げて、ワンピースを撫でつけたい衝動を抑えこんだ。着古したTシャツとヨガパンツ姿ではないのがありがたい。

ヴァシリがローラの前に立った。彼の顔はまたしても無表情になっていた。以前はそれを無関心の表れだと思っていたが、今では強い感情を抑える方法だと知っている。胃の中で何かがざわめいた。赤ん坊ではない。緊張でもない。

ヴァシリが伸ばしてきた手を、ローラはしっかりと握った。ギリシア語の応酬がやんだのか、自分の耳が聞こえなくなったのかわからなかった。この瞬間大事なのは、自分とヴァシリの間には固い絆《きずな》があるということだった。結婚しようがしまいが、私はヴァシリを大切に思っている。彼は私を愛していないかもしれないけれど、私は――。

「すまない」ヴァシリがつぶやき、二人の指をからませた。表情がやわらいでいる。「こんなことは望んでいなかったが――」

ローラはうなずいた。「乗りきりましょう」

ヴァシリがにっこりした。「君が簡単にひるむ女性じゃないのはわかっていたよ」

自分がそういう女性かどうか確信はなかったが、ローラは彼に導かれるまま部屋を横切った。

「母さん、オーストラリアから来たローラ・ベタニーだ。ローラ、僕の母だよ」

「はじめまして、ミセス・サノス」ローラはヴァシリの手を放して母親に差し出した。温かい手が触れる前、母親の黒い瞳に何かが光るのが見て取れた。

「ミズ・ベタニー」その口調は、握手と同様に用心深かった。「アテネへようこそ」

「アテネへようこそ!」今度は男性が言い、憤怒《ふんぬ》のこもったギリシア語を次々繰り出した。ローラはギリシア語がわからなくてよかったと思った。

ヴァシリは二人の女性が握手を交わし、見つめ合うのを見守った。母親の承認は必要なかったが、二人に仲よくなってもらいたかった。彼にとってローラは完璧だった。彼女の美しさは外見だけではなく、母親に手を差しのべるやさしさにも表れていた。アップにした髪から爪先まで、ローラは気品を漂わせていた。そして、そのセクシーさはヴァシリの下腹部を締めつけた。ワンピースは豊かな胸とふくらんだ腹部を強調している。

ローラが身につけているペンダントに気づいた母親が目を見開いた。それは、父親の家系が代々新しい花嫁に贈るために受け継いできた家宝なのだ。

母親が何か言う前に、コンスタンティンが沈黙を破り、怒りに満ちた言葉をまくしたてた。即座にヴァシリはローラと伯父の間に割りこんだ。「礼儀をわきまえられないなら、出ていってください。ローラはギリシア語がわからないんです」そこでいったん言葉を切った。「ローラ、こちらは僕の母の兄のコンスタンティン・パパスだ」

ローラは一歩前に出たが、コンスタンティンは後ずさりした。

「歓迎されると思ったら大間違い――」ヴァシリの怒りを感じ取り、伯父は口ごもった。「ヴァシリ、彼女には席をはずしてもらいたい。これは家族の問題だ」

ヴァシリは言い返したかった。ローラは自分の赤ん坊を身ごもっているからというだけでなく、あらゆる意味で家族なのだと。

「ローラには同席してもらいます。これはあなたよりも彼女に関係があることですから」

コンスタンティンが詰め寄った。「なぜだ？　本当に彼女と結婚するつもりなのか？　家族への務めはどうした？　なぜ家名に泥を塗るんだ？」

　ヴァシリが伯父の腕をつかもうとすると、ローラが二人の間に割って入った。ヴァシリは本能的にローラをかばおうとしたが、彼女はかばう必要がある女性には見えなかった。伯父に臆するどころか、軽蔑もあらわに腰に手を当てて堂々と立っている。

「家族への務めについておききになりましたね？」低く淡々としたローラの声を聞き、ヴァシリは驚きと感嘆を同時に覚えた。彼女が自分に加勢してくれていると思うと、胸に温かさが広がった。つまり、彼女は僕を大事に思ってくれているのだろうか？

　コンスタンティンが答える前に、ローラが続けた。「では、ヴァシリに相談もなく勝手に結婚を発表したとき、あなたの家族への務めはどうなっていたんですか？　彼はもう子供じゃありません。立派な大人です。なのにあなたは彼の考えを尊重していない。それでも彼は自分の務めを果たし、家業の経営を担ってきて――」

「いや、それは――」

「あなたは彼ではなく、自分の利益のことしか考えていない。継娘《ままむすめ》とさえまともに話さなかった」

「ユードラを巻きこむな！」コンスタンティンが怒った牛のようにうなると、ヴァシリは前に踏み出したが、ローラはひるまなかった。「君はユードラのことなど何も知らない――」

「いいえ」ローラの冷静な口調にヴァシリは感心せざるをえなかった。「私は彼女と話をしました。彼女もヴァシリも結婚は望んでいません」

　ヴァシリはローラの腕をしっかりとつかんだ。ローラが自分を擁護してくれるのはうれしかったが、コンスタンティンの怒りの矛先を彼女に向けさせておくわけにはいかなかった。「大丈夫だ、ローラ。僕がなんとかする」

「やってみるがいい」伯父が息巻いた。

次の瞬間、ヴァシリはコンスタンティンの喉に手をかけた。

「ヴァシリ、やめて！」

ローラの手がヴァシリの手を引き離したが、彼が伯父を放したのは、彼女のはしばみの瞳に狼狽《ろうばい》を読み取ったからだった。これまで誰に対しても暴力をふるった覚えはなかった。学校時代に仲間と小競り合いになったときも、手を出すのはテオで、ヴァシリが仲裁に入ったものだった。

「そんなことをしてもなんにもならないわ」

ローラの言うとおりだった。ヴァシリはズボンのポケットに手を突っこみ、必死に怒りを抑えこんだ。

「コンスタンティン！」背後から母親がたしなめた。

「すまない」コンスタンティンが不機嫌そうに三人を見まわした。「だが、彼女は金目当てだ。身ごもったのがヴァシリの子だとしても、おそらく結婚に持ちこむためにわざと妊娠したのだろう」

コンスタンティンに傷つけさせまいとするように、ヴァシリはローラに腕を回して抱き寄せた。

「あなたは人を見る目がないようだ、コンスタンティン」彼は手厳しくやり返した。「ローラは僕のプロポーズを断ったんですよ。何度も」

コンスタンティンが目を丸くし、母親が息をのんだ。「そんなはずはない。それも作戦だろう」

「いいえ、ミスター・パパス」ローラがヴァシリもうらやむような威厳をもって言った。まったくたいしたものだ！「私はあなたの甥ごさんのお金に興味はありません。それに少し考えれば、お金目当てだと言うことで私だけでなく、私と一緒にいる彼のことも侮辱しているのに気づくはずです」

「だが――」

「もうたくさんだ！」ヴァシリはそれ以上聞きたくなかった。「話を長引かせても、なんの得にもならない。あなたはサノス社の最高経営責任者《CEO》かもしれないが、僕にあなたを解任する権限があることは知っているはずだ」

伯父が驚愕《きょうがく》のあまり窒息したような顔になった。

ヴァシリが母親に目を向けると、その関心は息子でも兄でもなく、ローラに向けられていた。意外にも母親は一歩前に出て、彼とローラの手を取った。

「ごめんなさい。話をしたかったけれど、こんな対立は望んでいなかったわ」母親が兄をにらんでからまた向き直った。「二人には話し合うことがたくさんありそうね。私たちはもうおいとまするわ。ミズ・ベタニー、お元気で。またお会いしましょう」

母親はコンスタンティンをせきたて、ドアに向かった。伯父は妹が主導権を握るのを初めて見たかのように口をぱくぱくさせながら出ていった。

突然、ヴァシリは息子と夫の死という悲劇に見舞われる前の母親を思い出した。息子たちに限りない愛情をそそぎ、物事の善悪を教えた、やさしくて分別のある母親を。この十数年、母親は昔の面影を失っていた。だが、僕は母とどれほどの時間を過ごしたのだろうか。

めったにアテネを訪れなかったことを思い、自分が恥ずかしくなった。しかし、それを正すことはできる。テオの死を悼み、自分の殻に閉じこもっていたが、本当に大切に思っている人たちから距離を置いても解決策にはならない。

「母さん」母親がドア口から振り向く。「電話するよ」

母親の目が輝いた。「楽しみにしているわ、ヴァシリ」

ドアが閉まると、ローラがささやいた。「興味深い展開になったわね」

ヴァシリは笑った。「君の表現力には感心するよ。僕ならこれを興味深いとは言わない」彼はローラをソファに促し、一緒に腰を下ろした。「今まで自分の家族を恥じたことは一度もないが、さっきの伯父のふるまいは許しがたいものだった。すまない、ローラ。伯父を家に入れるべきじゃなかった」

「あなたは悪くないわ」

「いや、僕が悪いんだ。あまりにも長い間、自分の責任を放棄し、伯父をつけあがらせてしまった」

「どうして自分を責めるの？　あなたは責任をまっとうしているわ。あなたが仕事にどれだけ時間を費やしてきたか、私は知っているのよ」

「遠くでね。本当はアテネにいて、会社だけでなく家族のことも気にかけて、父の代わりをするべきだったんだ」

「一人で何もかも背負うのは無理よ」ローラがヴァシリの手に手を重ねた。

「僕にはもっとできることがあったのに、深く関わらないことを選んだんだ」ヴァシリはつながれた二人の手を見た。身も心もつながっているように感じ、ローラが自分の人生の一部に思えた。

しかし、彼女が今日プロポーズを拒んだことを思い出すと、胸の奥が痛んだ。二人の親密さは彼女にとってなんの意味もないかのようだった。

「家族ともほとんど顔を合わせなかった」

「旅が多いから？」

「それもある」ヴァシリは大きく息を吸いこんだ。

「初めのうちは約束を果たすためだと思っていた」

「どんな約束？」

「双子の弟のテオと僕はよく似ていて、他人には見分けがつかなかった。だが、性格は違った。僕はまじめで勉強熱心だった。もちろんスポーツやアウトドアも楽しんだが、数学と経済学が好きで、父の跡を継ぐつもりだった。一方のテオはじっとしているのが苦手で、学校が嫌いだった。その代わり、スリルあふれる冒険が大好きだった。極地探検家や登山家やレーサーになりたがっていたんだ」

「でも、あなたは違った」

「あの夏までは」ヴァシリは唾をのみこんだ。「僕は最期までテオにつき添い、弟ができなかった冒険に挑むと約束したんだ」

ローラがはっとした。「この十数年、あなたは弟との約束を果たしていたの？」

ヴァシリはうなずいた。「両親は不思議に思っていたかもしれない。だが、僕は楽しんでいたし、犠牲を払っているとは思っていなかった。ただそのせいで、ギリシアにとどまらず、家族や友人と距離を置くことになってしまった」電話すると言ったときの母親の表情を思い浮かべると、喉が詰まった。

「弟への愛があなたを冒険に駆りたてたのよ。恥ずべきことじゃないわ」

「だが、他のことは放っておいた。もっと積極的に家族や会社に関わっていたら、伯父もあんな――」

「茶番めいた婚約をでっちあげなかったというの？あなたは家族全員を必死に支えてきた。ユードラとの婚約は事実でないと発表することもできたのにそうしなかったのは、従妹《いとこ》を大切に思っているからでしょう。あなたはお母さんのことも大切に思っている」ローラは言葉を切った。「おなかの双子のことも」

ヴァシリはローラの手を口に持っていき、指の関節にキスをした。それでも彼女は僕と結婚しようとはしない。〝愛している〟という言葉が舌先まで出かかったが、彼は押しとどめた。一日に二度も拒絶されるのはごめんだ。

だが、明日には思いのたけをぶつけよう。ヴァシリは心に誓った。ローラは真実を知るに値する女性だし、僕は同じ過ちを繰り返したくない。

明日、僕は自分の心を彼女に捧げよう。

14

ローラが笑い、首をかしげ、目を輝かせるのを見て、ヴァシリの体は熱くなった。もう見慣れているはずなのに。だが、決して見飽きることはない。彼女への思いは日に日に深まっている。いつか白髪になり、関節がきしむようになっても、彼女の笑顔を見るたびに喜びを感じるだろう。

「気をつけて、ヴァシリ」ユードラが耳元でささやいた。「もしそんな姿を写真に撮られたら、恋をしていることが世界じゅうに知れ渡ってしまうわよ」

それでかまわないと言おうとしたが、自分の気持ちはローラに最初に知ってほしいと思い直した。この気持ちを知れば、彼女も結婚を承諾するだろう。

ヴァシリはユードラのいたずらっぽいほほえみを受けとめ、肩をすくめた。「自分が恋をしているから、みんなもそう見えてしまうんだろう」テーブルの反対側では彼女の恋人が友人たちと話している。

コンスタンティンとの対決で消耗したヴァシリは今夜のディナーをキャンセルしようとしたが、ローラがどうしても出席すると言い張ったのだった。

ローラが自分の友人たちと親睦を深めているのを見るのは喜ばしいことだった。今日の騒動のあと、彼女の屈託のない笑い声を聞き、温かいほほえみを見ると、せめて一つは正しいことをした気がした。

ギリシアの夕食時間はオーストラリアよりずっと遅いうえ、今日はストレスの多い一日だった。やがてローラのまぶたが重たげになっているのに気づき、ヴァシリはもう帰る時間だと告げた。友人たちから抗議の声があがったが、ローラはうなずき、バッグを取った。

レストランをあとにしながら、ヴァシリは喜びを嚙《か》みしめていた。ユードラとの婚約解消はすでに発表したし、ディナーは楽しかった。

通りに出ると、カメラのシャッター音と人の声が襲いかかってきた。しばしマスコミのことなどすっかり忘れていた。

ヴァシリはローラの腰に回した腕に力をこめ、彼女の耳元に口を近づけた。「何も言わなくていいから」

ローラが身を縮めた。「マスコミは大嫌い」

リムジンまであと少しというとき、一人の声がひときわ大きく響いた。ヴァシリやローラの名前を叫ぶ代わりに、その声は聞き慣れない名前を口にした。

「ミズ・ペイジ！　ミズ・ペイジですよね？　あなたのお気持ちを――」

ローラのあえぎ声に気を取られ、ヴァシリはそれ以上耳に入らなかった。声のしたほうを肩越しに見た彼女が体を硬直させ、よろめいた。呼吸が荒く、パニックを起こしているのがわかった。

ヴァシリは半ばローラを抱えるようにしてリムジンの開いているドアへと急いだ。彼女は震え、片手を胸に、もう一方の手を唇に当てている。

「ローラ、どうしたんだ？　ミズ・ペイジというのは誰だい？」

ローラが何か言ったが、聞き取れなかった。彼女は前方を見つめ、赤ん坊たちを守るように腕を体に回している。

ヴァシリはローラを抱き寄せたが、彼女は気づいていないようだった。まるでさっきの聞き慣れない名前が彼女をどこか手の届かない場所に連れ去ってしまったかのようだった。

今は質問している場合ではなかった。ローラを安全な場所に連れていかなければならない。

二十分後、二人はヴァシリのアパートメントにいた。ローラは居間のソファに腰を下ろした。

「さあ」ヴァシリは紅茶の入ったマグカップを差し出し、彼女が両手で包みこむのを待った。「お茶を飲めば気分がよくなるはずだ」

「ありがとう」ローラが今夜の活気をまったく感じさせないまなざしを彼に向けた。

少し前までローラは友人たちと笑っていた。その前は伯父の暴言に毅然《きぜん》とした態度で立ち向かっていた。今、どちらの気配もない彼女を目の当たりにして、ヴァシリは胸が締めつけられた。

「説明したほうがよさそうね」

「君が大丈夫なら」なぜあの名前がローラを豹変《ひょうへん》させたのか知りたいのはやまやまだった。「僕が一番心配しているのは君とおなかの子供たちだ。君を動揺させたくない」

ローラが唇をゆがめた。「マスコミは苦手だけど、こんなにひどいとは思わなかった。前よりずっと
……」

「前より？　シドニーでパパラッチに追いまわされたことかい？」

「それもよ」

それも？　他にいつ彼女がマスコミに追いまわされたことがあった？

「マスコミに注目されるのは嫌いだけど、もう過去のこととして対処できると思っていたの」

「僕に何ができる？」

顔を上げたローラの目に驚きが読み取れた。

「何があったのかきかないの？」

「君はもう休んだほうがいい。バスタブに湯を張ろうか？」

ローラの唇にかすかな笑みが浮かび、手がヴァシリの手の甲に触れた。だが、彼が握りしめる前に、その手はマグカップに戻った。「ありがとう、やさしいのね」

やさしい！　僕の気持ちを表すのにそんな生ぬるい言葉では足りない。彼女のためなら山だって動かしてみせる。彼女の苦悩を取り除くためなら、どんなことでもする。「ローラ――」

「説明しなくては。明日の新聞に載るからというだけではないの。あなたに知ってほしいからよ」ローラが今度はしっかりとほほえみ、ヴァシリはこわばっていた筋肉が少しほぐれるのを感じた。「あなたはたくさんのことを私に打ち明けてくれた。今度は私が打ち明ける番よ」

何か恐ろしい秘密があるかのような言い方だ。まだ離婚が成立していない夫でもいるのだろうか。

何もかも話してほしいが、無理強いはしたくない。彼女が自ら肩の重荷を下ろしたいと望むことが重要だ。

ローラがマグカップを置き、窓の向こうに見えるライトアップされたアクロポリスに目をやった。

「十二歳のときに母とシドニーへ引っ越したことは話したわよね。それは父からもスキャンダルからも逃れるためだったの」生気を失ったようなローラの声に、ヴァシリのうなじの毛が逆立った。

「父親が暴力をふるっていたのかい？」

「いいえ、そうじゃないわ。父は仕事の都合で週末はほとんどいなかった。スポーツの練習に連れていってくれたこともなかったし、宿題を手伝ってくれたこともなかった。でも、当時はおかしいと思わなかった。子供ってたいていのことには順応するものでしょう？　でも、郊外で開催された大きなスポーツ大会に参加したとき、すべてが明らかになったわ。その日は父も母も仕事だった」

なぜスポーツ大会のようなものがローラのトラウマにつながるのか、ヴァシリは不思議に思った。

ローラが組み合わせた手に視線を落とした。「出場者の中にどこか見覚えのある女の子がいたの。なぜそう感じるのかわからなかったけど、私たちは話をしたわ。彼女は私の家から車で数時間のところに住んでいて、誕生日は一カ月しか違わなかった。彼女に見覚えがある理由がわかったのは、その日の終わりに彼女の家族が迎えに来たときだった。彼女の父親は私の父親だったの」

ヴァシリは聞き違いだと自分に言い聞かせながら、きき返した。「君の父親？」

ローラがうなずいた。その表情はうつろだった。

「父を見て、とても感激したわ。私が大会に出たことが誇らしくて、仕事を休んで迎えに来てくれたんだと思ったの。でもそのとき、私の新しい知り合い、ケイトリンが父に呼びかけたのよ。父の顔に浮かんだ表情は今でもよく覚えているわ。純粋な恐怖だった。父は車に戻ろうとしたんだけど、妻が息子たちを連れてあとを追ってきていたから、逃げようがなかった」

ローラが目を閉じると、ヴァシリは彼女に腕を回した。ローラの体は震えていた。十二歳の彼女が父親に別の家族がいることを知ったときの気持ちを想像すると、胸に鋭い痛みが走った。

「かわいそうに」

「それでそのようすを見ていた人たちから話が広まって、私が母に話す前に、母は友人から電話で知らされたの」

父親が重婚の罪を犯していたことを知り、世間の好奇の目にさらされたら、トラウマになるのも当然だ。

「ペイジというのは父の名字よ。法的には母と結婚していなかったことがわかって、私たちは母の旧姓を名乗るようになったの。私たちは打ちのめされたわ。私たちの人生はすべて嘘《うそ》だった。父は私たちを愛してなんかいなかった。ゴシップに巻きこまれたあとは学校にも行けず、通りを歩くことさえできなかった。マスコミは家の前に張りついていたわ」

ヴァシリの血管をかつて経験したことのないような怒りが駆けめぐった。

「そのあと、別の州に三人目の妻がいるとわかって、事態はさらに悪化したの。どの情報番組でも私たちのことが取りあげられたわ」

ローラが経験したことを思うと、気分が悪くなった。しかし今、ヴァシリは以前にはわからなかったことを理解した。ローラにとって、どんな男でも信頼するのはむずかしいということを。信頼していた父親が嘘をつき、自分と母親を裏切ったのだから。

ローラが僕に不信感を抱いたのも無理はない。ずっとそばにいてくれると思うほど、僕を信頼していなかったのだ。

僕が彼女に伝えたいと切望していた言葉――愛しているという言葉にはなんの意味もない。おそらく父親は母親と彼女にそう言っていたのだろう。

愛する女性を思い、自分自身を思って、ヴァシリは絶望に打ちひしがれた。

「マスコミは私の過去を掘り起こすでしょう。あなたと一緒にいれば、なおさらよ」ローラがヴァシリの腕を振りほどき、立ちあがった。彼女の苦悩を目の当たりにして、彼の胸は締めつけられた。「一人になりたいの。お風呂に入ってからベッドに行くわ」

ローラはヴァシリの心をぼろぼろにしたまま、部屋から出ていった。

15

ローラは目を覚ました。頭が重く、体には疲労が残っていたが、記憶が鮮明になるには数秒しかかからなかった。

パパラッチが口にしたのは、もう忘れたはずの名前、ローラの世界を粉々にした男の名字だった。

苦いものがこみあげたが、つわりとは無関係だった。ローラは寝返りを打ち、腕を伸ばしてヴァシリを捜したが、ベッドは冷たかった。

〝一人になりたいの〟——あの言葉を彼はうのみにしたのだ。ローラの気分はさらに落ちこんだ。

昨夜のヴァシリの目に浮かんだ気遣い、やさしい手つき、声にこめられた同情が思い出された。だが
ローラは、自分の殻に閉じこもっていた母親と同じことをした。人に助けを求めず、恐怖や痛みや怒りを自分の心の奥深くにうずめたのだ。

そしてヴァシリを遠ざけた。

ローラは泣いてすがる肩が欲しかったわけでも、自分のために物事を解決してくれる人が欲しかったわけでもなかった。ただヴァシリが欲しかった。彼を必要としていた。彼が恋しかった。

自分の戦いは自分で戦うことができる。でも、そのときはヴァシリにそばにいてほしかった。

彼を愛しているから。

長い間、ローラはそうなるのを恐れていた。しかし今、ようやく自分の気持ちと向き合った。

私はもっとヴァシリを大事にすべきだった。彼は私が要求したこと、それ以上のことに応えてくれたのに、いざというときに私は彼に背を向けたのだ。

ローラは羽毛布団をはねのけ、ローブに手を伸ばした。

した。今すぐにヴァシリと話す必要がある。

ヴァシリは電話をしながらテラスを歩きまわっていた。ギリシアの太陽の光に照らされた誇り高い横顔と鍛え抜かれた体を見て、胸が高鳴った。

ローラに気づくと、ヴァシリは電話を切った。

「ローラ、気分はどうだい？」いつものように二人の間の距離を縮めはせず、その場から動かない。

「おかげさまでよく眠れたわ。あなたはどう？」珍しくヴァシリはスーツ姿で、口元のしわが深くなったように見えた。「何かあったの？」

「いや」ヴァシリが携帯電話をポケットにしまった。「報道は予想どおりだが、なんとかなるだろう」それでも彼は近づいてこない。ローラが近づくと、椅子を示した。「話がある。座ってくれないか？」

ローラはためらい、ヴァシリの横にあるソファを見た。彼は一緒に座りたくないのだろうか？「ゆうべのことだけれど、ごめんなさい。過剰に反応してしまって――」

「君はひどいショックを受けたんだ、当然だよ」ヴァシリの表情は硬いままだ。「さあ、座って」

ローラは椅子に腰を下ろし、歩きまわるヴァシリを見守った。何かがおかしい。

やがて彼が足を止め、ズボンのポケットに手を突っこんだ。足を大きく広げ、肩をいからせた姿は、いかにも男らしい。「ゆうべ、僕は君にどれだけ理不尽なことをしていたか気づいたんだ」

「理不尽って？」ヴァシリはＤＮＡ検査を要求することなく、双子を自分の子として受け入れた。結婚を望みながらも、私がその考えになじむのを辛抱強く待った。「私、ずっと考えていたんだけど――」

「君の生い立ちを知り、それがどれだけ君の心に暗い影を落としたかを理解して、考え直したんだよ」

ローラの胸はきつく締めつけられた。私の生い立ちは、これ以上つき合うにはあまりにも汚らわしいものだったのだろうか？　彼の家名を汚すほどに？

「そうなの？」

ヴァシリがうなずいた。「君の言うとおりだ。子供たちの面倒を見るために結婚する必要はない。僕たちは二人とも理性的な人間だし、双方に善意があれば、ちゃんと子育てできないわけがない」

喉が苦しくなり、ローラは唾をのみこんだ。「もう私と結婚したくないの？」

目と目が合い、彼女は一瞬、二人のつながりを感じた。だが次の瞬間、ヴァシリの表情が変わり、つながりも消えた。最初から何もなかったかのように。

「シンプルな解決策が必ずしも最善とは限らない。結婚は僕にとって完璧な解決策に思えたが、君の不安を見落としていた」ヴァシリが顔をしかめ、窓の向こうに広がるアテネの景色を眺めた。ローラと目を合わせるより簡単だというように。「僕はマスコミの注目に慣れている。うっとうしいが、気にはならない。だが、君の家族が崩壊したとき、マスコミの注目は悪夢だったに違いない。ゆうべ、そのすべてがよみがえったんだろう？　君が僕と一緒にいる限り、マスコミの注目は絶え間なく続く」彼がポケットから片手を出し、髪をかきあげた。その表情は険しかった。「だが、もし君が自分の世界に戻れば、君に対するマスコミの関心もいずれは薄れるだろう。僕が子供たちと過ごすときは、プライバシーが守られるよう気を配る。もちろん、君のプライバシーを守るスタッフもつける」

ローラは息ができなかった。「私をオーストラリアに帰すというの？」ありえない！

「それが最善の選択だ。オーストラリアには友人がいるし、僕も君や子供たちのためにあらゆる支援をする。何も心配する必要はない。落ち着いたら、共同で養育するための取り決めをしよう」

ローラはその言葉をうまく受けとめることができ

なかった。彼は本気で二人が離れればマスコミも詮索しなくなると思っているのだろうか？　私の汚れた過去が暴露されたせいで、ついに私とは別れたほうがいいと確信したのだろうか？

結局のところ、二人を結びつけたのは双子だ。ヴァシリは親切で思慮深く、すばらしいベッドのパートナーだけれど、愛を口にしたことは一度もない。私を大切にしてくれているのは子供たちの母親だからにすぎない。私には義務を感じているだけだ。

ローラは唇を押さえ、今にももれてしまいそうな嗚咽《おえつ》をこらえた。ヴァシリはこれまでずっと結婚したがっていたのに、私はそれを拒んでいた。そして、ようやく彼が自分にとって世界でたった一人の男性だと悟ったとき、結婚の話は立ち消えになった。彼のいない人生なんて想像もできないのに。

彼に気持ちを伝えるのよ。

だが、ヴァシリが次に口にした言葉は、あまりに合理的で感情のかけらもなかった。

「それが一番だ、ローラ。子供たちと君にとって。僕はしばらくアテネに滞在しなければならないが、君は明日にもオーストラリアに帰ってかまわない」

そうしたら、彼は少しでも私を恋しく思うだろうか？

ヴァシリの携帯電話が鳴り、神経を逆撫《さかな》でした。ローラは立ちあがり、何か言わなければと思った。だが、ヴァシリの以前とは違う行動に、言葉を失った。

彼は携帯電話を取り出し、電話に出なければならないとつぶやいたのだ。

ヴァシリは携帯電話をポケットにしまった。ローラが悪女扱いされないよう、できる限りのことはしたつもりだった。自分のせいで彼女がマスコミの標的にされたのだから。

それこそが、ローラを手放さなければならない理由だった。彼女と一緒にいるのは利己的な行為だ。僕と暮らせば、ローラはこれからも世間の目にさらされつづけることになる。そんな生活が彼女にとってどれほど重荷になるかを昨夜思い知った。それを彼女に強いることはできないし、してはならない。たとえローラとの生活という、自分を本当に幸せにしてくれるものをあきらめることになるとしても。

ヴァシリは胸をさすりながら、ローラのためならどんな苦しみもいとわないと自分に言い聞かせ、ゆっくりと振り返った。ローラはいなかった。

彼の血は凍りついた。出ていったのか？

ヴァシリは喉が締めつけられるような感覚に襲われた。かつて二度だけ経験した感覚に。テオに、そのあと父親に別れを告げたときの悲しみは深く、二度と立ち直れないのではないかと思った。

ヴァシリはテラスを横切り、部屋を通り抜けて玄関に向かった。

そこにローラがいた。自分を支えるように重厚なドアに寄りかかっている。ローブから昨夜着ていたエレガントなワンピースに着替えていたが、あのときのような洗練された女神には見えない。髪は肩に垂れ、メイクもしていない。

それでもローラがこれほど美しくセクシーに見えたことはなかった。そして、そう感じた自分を否定するために、これほど必死に闘わなければならなかったこともなかった。

「これから打ち合わせがある。僕はもう行かないと――」

「だめよ」

ヴァシリは目を見開き、心の中で自分をののしった。愛する女性から目を離せない。だが、彼女を手放せるほど強い男にならなくては。

自分を見つめるヴァシリの視線に気づき、ローラは希望を抱いた。だが、すぐに彼の瞳から輝きが消え、肩がこわばった。

絶望が希望に取って代わった。ヴァシリを引きとめる言葉を探したが、何も見つからなかった。そこで前に踏み出し、彼に体を押しつけた。

「ローラ、僕はもう行かなくては――」

「どうしても聞いてほしいことがあるの」声がかすれた。「これが最後のお願いよ」

ヴァシリの体が激しく震え、彼の目に自分が感じているのと同じわびしさを見た気がしたが、ローラは希望を持つまいとした。

ヴァシリが黙ってうなずいた。

「あなたが言ったとおり、ゆうべはひどく傷ついたわ。裏切られ、混乱した十二歳のときに戻ったみたいだった」

ヴァシリが重々しくうなずいた。「わかるよ」

「いいえ、わかっていないわ。それが言いたかったの。確かに不意打ちを食らって動転したわ。でも、私はもう十二歳の女の子じゃない。カメラのフラッシュがたかれたり、誰かが私の噂《うわさ》を流したりするたびに、打ちのめされたりしない。強くなったのよ」

ヴァシリがかぶりを振った。「僕のせいで君があいう目にあうのは理不尽だ」

「私は平気よ」ヴァシリにじっと見つめられ、ローラはためらった。もしかすると、彼が私をオーストラリアに帰そうとしたのはマスコミのせいではなく、ただ心変わりしただけかもしれない。だが、彼女はその恐怖に打ち勝った。「私はあなたと一緒にいたい。あなたの妻になって、これから先の人生をあなたとともにしたいの」

しかし、ヴァシリはほほえむ代わりに顔をしかめた。「なぜ？ つい昨日、君は僕を拒絶した。そして……」彼はかぶりを振った。

「最初にあなたを拒んだのは、重婚の罪を犯した父親のせいで、愛のためにしか結婚しないと誓っていたからよ。私を心から愛してくれる人を求めていたの。でもあなたは結婚を、一緒に子供を育てるための方策として提案した」ヴァシリが口を開いたが、ローラは首を横に振った。「お願い、最後まで言わせて。一緒に過ごすうちに、あなたへの思いはどんどんふくらんでいったわ。あなたは父とは似ても似つかなかった」

ヴァシリの黒い瞳が熱を帯び、彼女に希望を与えた。

「あなたへの思いを認めなかったのは、心の奥底に根強く裏切られることへの恐れがあったからよ」

ヴァシリがローラを強く抱き寄せた。「ローラ、君は知らないんだ、僕がどんなに――」

「あなたが私を愛していないのは明らかだから、あなたに恋してはいけないと自分に言い聞かせたの。私と一緒にいるのは赤ちゃんたちのためにすぎない。愛がなければ、いつまで一緒にいられるかわからない。でも、私はあなたを誤解していたことに気づいたの。あなたは弟との約束を守るために、弟の望む生活を十年以上も送ってきた。偽りの婚約をさっさと解消することもできたのに、従妹《いとこ》や伯父のために耐えていた。あなたは私が知っている中で最も誠実で信頼できる人よ」ローラはヴァシリの視線を受けとめることができず、ネクタイの結び目を見つめた。

「私が愛しているように、あなたが私を愛していなくても、あなたと結婚したい。あなたは私を大切にしてくれて、幸せにしようとしてくれる。離れ離れでいるよりも、一緒にいたいの。あなたがまだ私を必要としてくれるのなら、あなたの世界に溶けこめるよう努力するわ」

静寂が訪れ、ローラの耳に自分の鼓動が響いた。

「それで終わりかい？」

ローラがうなずくと、温かい指が顎に添えられ、顔を上げさせた。

「そうと知っていたら、僕の気持ちを伝えていたのに。君を怖がらせたくなかったから、ずっと我慢していたんだ。君を愛している、ローラ。だから君を手放す決心をしたんだよ。僕のせいで君がこれ以上傷つくのは耐えられないから」

ローラは彼にしがみついた。「あなたが手放したら、私は傷ついて二度と立ち直れないわ」

「ローラ、僕のいとしい人《アガペ・ムー》」

ヴァシリの唇がローラの唇に重なった。ローラは彼の首に腕を回して爪先立ちになり、これまで明かす勇気がなかった愛をこめてキスをした。

「泣かないでくれ、アガペ・ムー」やさしい親指がローラの頬を撫で、涙をぬぐった。

「これは幸せの涙よ。あなたが私を愛しているなんて信じられない」

「信じてくれ。クイーンズランドで出会ったときからずっと愛していたんだ。君が連絡を絶ったときには気が狂いそうになったよ。何も手につかず、オーストラリアに行こうとしたとき、君が妊娠しているとわかったんだ。子供たちのことは楽しみだが、僕が君と人生をともにしたいのは、愛しているからだよ」

ヴァシリのまなざしは真実を告げていた。彼が唇や頬や喉にキスの雨を降らせると、ローラの心は舞いあがった。

「ローラ、君のおかげで、僕はより強い人間になれた」ヴァシリは彼女の涙をキスでぬぐった。「僕と一緒に愛で人生を満たしてくれるかい？」

「イエスよ。何万回でもイエスと言うわ」そこで初めてローラは最も大切な言葉をギリシア語で口にした。「愛している《セ・アガポ》わ、ヴァシリ」

エピローグ

ヴァシリはリリーをベビーベッドに寝かせた。娘の眠たそうなはしばみ色の瞳が、父親の腕の中というお気に入りの場所から引き離されるのをいやだというように大きく見開かれた。

「早く行きなさい、ヴァシリ」母親がささやいた。「この子はあなたがいると眠気を我慢してしまうの。私とアンナが相手をすれば、おとなしく眠るわ」

ヴァシリはうなずき、母親と養育係《ナニー》にまかせて後ずさった。だが、急いで部屋を出ようとはしなかった。みんなが言うように、軟弱になったのかもしれない。だが、そんなことはどうでもいい。家族は何より大事なのだから。

隣のベビーベッドでは、小さなテオが長いまつげを頬につけ、すでに眠りこんでいる。ヴァシリは深い安らぎを覚えた。母親ゆずりの気性を持つリリーとは対照的だ。いや、叔父のテオゆずりか。彼は小さくほほえんだ。

そのとき、もう一つのベビーベッドから叫び声があがり、母親が命じた。「ぐずぐずしていないで早く行って」

「大丈夫ですよ、お義母《かあ》さま」背後から穏やかな声がした。「彼をパーティに連れ戻しに来ました」

振り向くと、妻が瞳をきらきら輝かせていた。

「これからケーキカットをするけれど、私たちがいないと始まらないの」ローラがやさしいまなざしでベビーベッドを見渡した。「かわいそうに、休息が必要なのね。ちやほやされるのも疲れるものよ」

「そうだな」ヴァシリはささやき返した。「明日の朝にはまた大騒ぎだ」

「そして、あなたはそのすべてを楽しむ。心が広くて勇敢な双子のパパだわ」

ヴァシリはにやりとした。「僕は危険と冒険が大好きなんだ」彼はまだ双子の弟との約束を果たしつづけていた。スリルを味わうことではなく、愛する家族と充実した人生を送ることによって。テオもきっと喜んでくれているに違いない。

廊下に出ると、ヴァシリはローラを抱き寄せた。彼女は希望と揺るぎない愛を与えることで僕の人生を根底から変えたのだ。

「ミセス・サノス、今夜の君はとりわけゴージャスだ」そう言うと少し体を離し、ローラが優雅に着こなしているセクシーなエメラルド色のドレスを眺めた。胸元には金線細工のペンダントが輝き、目には愛が宿っている。ヴァシリの胸に喜びがあふれた。

「僕にとって、君はいつだって世界で一番美しい女性だよ」彼は片手でローラの柔らかな頬を包みこみ、唇を重ねた。

「だめよ」ローラがささやいた。「ユードラと花婿が待っているわ」

ヴァシリはさらにキスを深めた。

「それにコンスタンティンが早くスピーチをしたがっているのよ」

驚いたことに伯父は考えを改め、ユードラの花婿と会ってその人柄を知ると、二人の結婚を認めたのだった。

ヴァシリはため息をついた。「待たせるのは悪いな。だが、みんなが帰ったら……」

「みんなが帰ったら、私はあなただけのものよ」ローラの輝く瞳は愛とやさしさに満ちている。

「それ以上のものは望めないよ」

二人は手をつなぎ、音楽と人の声が聞こえる階下へ向かった。

ハーレクイン®

五日間で宿った永遠

2024年4月20日発行

著　者	アニー・ウエスト
訳　者	上田なつき（うえだ　なつき）
発行人	鈴木幸辰
発行所	株式会社ハーパーコリンズ・ジャパン 東京都千代田区大手町1-5-1 電話 04-2951-2000（注文） 0570-008091（読者ｻｰﾋﾞｽ係）
印刷・製本	大日本印刷株式会社 東京都新宿区市谷加賀町1-1-1

ISBN978-4-596-53845-1 C0297

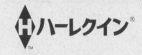

ハーレクイン・シリーズ 4月20日刊 発売中

ハーレクイン・ロマンス
愛の激しさを知る

傲慢富豪の父親修行	ジュリア・ジェイムズ／悠木美桜 訳	R-3865
五日間で宿った永遠 《純潔のシンデレラ》	アニー・ウエスト／上田なつき 訳	R-3866
君を取り戻すまで 《伝説の名作選》	ジャクリーン・バード／三好陽子 訳	R-3867
ギリシア海運王の隠された双子 《伝説の名作選》	ペニー・ジョーダン／柿原日出子 訳	R-3868

ハーレクイン・イマージュ
ピュアな思いに満たされる

瞳の中の切望 《至福の名作選》	ジェニファー・テイラー／山本瑠美子 訳	I-2799
ギリシア富豪と契約妻の約束	ケイト・ヒューイット／堺谷ますみ 訳	I-2800

ハーレクイン・マスターピース
世界に愛された作家たち
〜永久不滅の銘作コレクション〜

いくたびも夢の途中で 《ベティ・ニールズ・コレクション》	ベティ・ニールズ／細郷妙子 訳	MP-92

ハーレクイン・プレゼンツ作家シリーズ別冊
魅惑のテーマが光る
極上セレクション

熱い闇	リンダ・ハワード／上村悦子 訳	PB-383

ハーレクイン・スペシャル・アンソロジー
小さな愛のドラマを花束にして…

甘く、切なく、じれったく 《スター作家傑作選》	ダイアナ・パーマー 他／松村和紀子 訳	HPA-57

文庫サイズ作品のご案内

◆ハーレクイン文庫…………………毎月1日刊行
◆ハーレクインSP文庫……………毎月15日刊行
◆mirabooks………………………毎月15日刊行

※文庫コーナーでお求めください。

4月26日発売　ハーレクイン・シリーズ 5月5日刊

ハーレクイン・ロマンス　愛の激しさを知る

独りぼっちで授かった奇跡	ダニー・コリンズ／久保奈緒実 訳	R-3869
億万長者は天使にひれ伏す《純潔のシンデレラ》	リン・グレアム／八坂よしみ 訳	R-3870
霧氷《伝説の名作選》	ベティ・ニールズ／大沢　晶 訳	R-3871
ギリシアに囚われた花嫁《伝説の名作選》	ナタリー・リバース／加藤由紀 訳	R-3872

ハーレクイン・イマージュ　ピュアな思いに満たされる

生まれくる天使のために	タラ・T・クイン／小長光弘美 訳	I-2801
けなげな恋心《至福の名作選》	サラ・モーガン／森　香夏子 訳	I-2802

ハーレクイン・マスターピース　世界に愛された作家たち～永久不滅の銘作コレクション～

情熱は罪《特選ペニー・ジョーダン》	ペニー・ジョーダン／霜月　桂 訳	MP-93

ハーレクイン・ヒストリカル・スペシャル　華やかなりし時代へ誘う

路地裏をさまよった伯爵夫人	アニー・バロウズ／琴葉かいら 訳	PHS-326
ふたりのアンと秘密の恋	シルヴィア・アンドルー／深山ちひろ 訳	PHS-327

ハーレクイン・プレゼンツ作家シリーズ別冊　魅惑のテーマが光る極上セレクション

秘密の妻	リン・グレアム／有光美穂子 訳	PB-384

※予告なく発売日・刊行タイトルが変更になる場合がございます。ご了承ください。